D1925167

Mosaik bei
GOLDMANN

Buch

Schäden an der Wirbelsäule, insbesondere an den Bandscheiben, gehören in allen Industrienationen zu den häufigsten Schmerzursachen. Nicht selten beginnen die ersten Symptome bereits im Schulalter. Mit zunehmendem Alter werden Schäden an der Wirbelsäule immer häufiger und rund 60 Prozent aller Anträge auf vorzeitigen Ruhestand sind auf Schäden an den Bandscheiben zurückzuführen. Völlig zu Recht gelten Bandscheiben- und Rückenschmerzen daher als »Zivilisationskrankeit Nr. 1«.

Der erfahrene Heilpraktiker Gerhard Leibold erklärt, woher die Schmerzen kommen, was jeder selbst tun kann, um Bandscheiben- und Rückenbeschwerden vorzubeugen und die Schmerzen zu lindern. Er stellt die verschiedenen Behandlungsmethoden vor, von der Soforthilfe bei akuten Schmerzzuständen, der Basistherapie chronischer Rückenschmerzen bis hin zu medikamentösen und chirurgischen Behandlungen und asiatischen Heilverfahren.

Autor

Gerhard Leibold ist erfahrener Heilpraktiker und Autor zahlreicher Ratgeber zum Thema Gesundheit. Seit Jahren wendet er in seiner Praxis erfolgreich biologische und psychotherapeutische Heilverfahren an.

Von Gerhard Leibold außerdem bei Mosaik bei Goldmann
Fasten (16495)

Gerhard Leibold

Bandscheiben- und Rückenschmerzen

Ursachen, Vorbeugung, Schmerzbekämpfung und sanfte Therapie

Mosaik bei
GOLDMANN

Die Ratschläge in diesem Buch wurden vom Autor und vom Verlag sorgfältig erwogen und geprüft, dennoch kann eine Garantie nicht übernommen werden. Eine Haftung des Autors bzw. des Verlags und seiner Beauftragten für Personen-, Sach- und Vermögensschäden ist ausgeschlossen.

FSC
Mix
Produktgruppe aus vorbildlich bewirtschafteten Wäldern und anderen kontrollierten Herkünften

Zert.-Nr. SGS-COC-1940
www.fsc.org
© 1996 Forest Stewardship Council

Verlagsgruppe Random House FSC-DEU-0100
Das FSC-zertifizierte Papier *Munken Print* für Taschenbücher aus dem Goldmann Verlag liefert Arctic Paper Munkedals AB, Schweden.

1. Auflage
Vollständige Taschenbuchausgabe Februar 2006
Wilhelm Goldmann Verlag, München,
in der Verlagsgruppe Random House GmbH, München

Umschlaggestaltung: Design Team München
Umschlagfoto: Zefa/Tusch
Satz: Buch-Werkstatt GmbH, Bad Aibling
Druck und Bindung: GGP Media GmbH, Pößneck
WR · Herstellung: Han
Printed in Germany
ISBN 10: 3-442-16779-5
ISBN 13: 978-3-442-16779-1

www.goldmann-verlag.de

Inhalt

Vorwort 9

Die komplexe Wirbelsäule 11

Konstruktion der Wirbelsäule 12
Wirbelkörper und -gelenke 12
Bandscheiben als Puffer 16
Natürliche Krümmungen 19
Das »Muskelkorsett« 20
Rückenmark im Wirbelkanal 23
Fehlentwicklung der Evolution? 25

Rückenschmerzen als Massenphänomen 27

Häufige Grundursachen der Schmerzzustände 28
Verbreitete Fehlhaltungen 29
Bewegungsmangel schwächt Rückenmuskeln 32
Überlastung durch Übergewicht 33
Weitere Ursachen 34
Erkrankungen der Wirbelsäule 37
Hals- und Brustwirbelsäulensyndrom 38
Lendenwirbelsäulensyndrom, Hexenschuss und Ischias 40

Arthrose der Wirbelgelenke 44
Entzündungen – Morbus Bechterew 45
Osteoporose der Wirbelkörper 47
Verkrümmungen der Wirbelsäule 48
Seitliche Skoliosen 48
Scheuermann-Krankheit 51
Verletzungen der Wirbelsäule 53
Bandscheibenschäden und -vorfall 54
Degeneration der Bandscheiben 55
Vorwölbung der Bandscheibe 57
Bandscheibenvorfall 58
Krankheiten außerhalb der Wirbelsäule 60
Fehlstellungen der Beine 61
Nierenleiden 62
Krankheiten der Bauchorgane 63
Kreuzschmerzen im Menstruationszyklus 66
Der Rücken – »Wetterecke« der Psyche 68
Unklare psychosomatische Schmerzen 70
Chronische Verspannungen der Muskulatur 74
Haltungsfehler und Seelenleben 77
Genaue Diagnose ist oft schwierig 79
Objektiver Befund – subjektives Befinden 79
Übliche Untersuchungen 80

Rückenschmerzen ganzheitlich behandeln 83

Soforthilfe bei akuten Schmerzzuständen 84
Versuchsweise Selbstbehandlung 85
Fachliche Therapie 90
Wann muss operiert werden? 92

Basistherapie chronischer Rückenschmerzen 95
Haltungskorrektur – Alexandertechnik 95
Abbau von Übergewicht 99
Gut ausgestattetes Bett 102
Kleidung und Schuhwerk 106
Medikamentöse Behandlung 107
Die üblichen Schmerzmittel 108
Pflanzliche Medikamente 111
Homöopathische Wirkstoffe 113
Enzymtherapie 116
Zellextrakte zur Regeneration 118
Chirurgische Behandlung 119
Standardoperationen 120
Minimal-invasive Chirurgie 125
Das neue »dynamische Implantat« 127
Bandscheibenprothesen noch unbefriedigend 129
Gymnastik stärkt das »Muskelkorsett« 130
Wirkungsweise der Gymnastik 130
Die einzelnen Übungsgruppen 132
Stabilisierung der Wirbelsäule 133
Besserung der Beweglichkeit 137
Entspannende Muskeldehnung 139
Spezielle fachliche Krankengymnastik 142
Sport zur ergänzenden Therapie 143
Manuelle Behandlung durch Massagen 145
Klassische Massagetechniken 146
Sonderformen der Massage 147
Massage der Reflexzonen 149
Reflexzonentherapie am Körper 150
Fußreflexzonenmassage 151

Asiatische Heilverfahren 154
Formen der Akupunktur 155
Akupressur zur Selbsthilfe 158
Akupressur der Halswirbelsäule 159
Akupressur der Brustwirbelsäule 160
Akupressur der Lendenwirbelsäule 161
Shiatsu 162
Kneippsche Wasseranwendungen 163
Grundsätze der Hydrotherapie 164
Anwendungen für den Hausgebrauch 166
Fango, Heilerde und Moor 172
Elektrotherapie 175
Faradisieren und Galvanisieren 175
TENS-Schmerzblockade 177
Pulsierende Magnetfelder 178
Neural- und Reizkörpertherapie 181
Entspannung – Psychotherapie 186
Bewährte Entspannungstechniken 186
Atemtherapie 190
Meditation 192
Körperpsychotherapien 196
Weitere psychologische Hilfen 200

Register 203

Vorwort

Schäden an der Wirbelsäule, insbesondere an den Bandscheiben, gehören in allen Industrienationen zu den häufigsten Schmerzursachen. Das gilt nicht erst in unserer Zeit, schon in der antiken ägyptischen Hochkultur waren Wirbelsäulenschäden keine Seltenheit. Bei den Naturvölkern in den Entwicklungsländern hingegen kommen solche Schädigungen deutlich seltener vor. Das weist auf den Zusammenhang zwischen Wirbel-Bandscheiben-Schäden und zivilisationsbedingten Fehlern der Ernährungs- und Lebensweise hin.

Nicht selten beginnen die ersten Symptome bereits im Schulalter; bis zu 50 % der Schulkinder leiden bei uns an Haltungsfehlern, aus denen sich bald Schäden an der Wirbelsäule entwickeln können. Mit zunehmendem Alter wird die Krankheit immer häufiger. Rund 60 % aller Anträge auf vorzeitigen Ruhestand sind bei uns auf Schäden an den Bandscheiben zurückzuführen. Sie belasten also auch die Kranken- und Sozialkassen erheblich.

Jeder erfahrene Mediziner weiß, dass der objektive Befund bei Untersuchungen der Wirbelsäule nicht mit dem subjektiven Befinden übereinstimmen muss. Recht oft stellt man bei Patienten, die über starke Beschwerden klagen, objektiv keine so schweren Schäden fest, dass man das subjektive Befinden nachvollziehen könnte. Umgekehrt gibt es nicht wenige, bei denen ausgedehnte erhebliche Bandscheibenschäden bestehen, die kaum Symptome verursachen und meist nur zufällig erkannt werden. Erklären lässt sich dieses Phänomen noch nicht. Es demonstriert aber, dass es nicht allein auf den Zustand der Wirbelsäule und ihrer Bandscheiben ankommt. Psychische Faktoren mögen oft eine wichtige Rolle spielen. Ein Teil der symptomarmen Patienten wird aber sicher ein gesünderes Leben als der Durchschnitt führen, vor allem ausreichend Bewegung und Entspannung pflegen.

Dieses Beispiel zeigt, dass es durchaus möglich ist, auch bei ausgeprägten Schäden an der Wirbelsäule ohne Medikamente und Operationen wieder Linderung oder gar Heilung zu erreichen.

Allerdings gibt es alles, was dazu notwendig ist, nicht bequem auf Rezept. Es bedarf der eigenen Anstrengung und Selbstdisziplin – ein Leben lang, Tag für Tag. Falsche Ernährungsformen müssen umgestellt, Gewohnheiten geändert, innere Haltungen selbstkritisch hinterfragt, vielleicht auch Lebensziele neu definiert werden, um dauerhaft Besserung oder Heilung zu erzielen.

Das setzt zunächst Einsicht in Verhaltensfehler voraus, zu der jeder auf seine Weise gelangt. Erst danach erscheint es sinnvoll, die im Rahmen dieses Buchs beschriebenen Hilfen und Heilverfahren anzuwenden. Wichtig ist dabei auch immer die Begleitung durch einen Therapeuten, der nicht nur die übliche Therapie praktiziert, sondern auch für alternative Heilverfahren aufgeschlossen ist. Er überwacht regelmäßig den Krankheitsverlauf und steht mit Rat und Tat zur Seite, wenn die Selbsthilfe einmal nicht genügt.

Die komplexe Wirbelsäule

Mit der Wirbelsäule entwickelte die Natur ein komplexes Gebilde. Unter günstigen Bedingungen erfüllt es seine Funktionen nahezu ideal. Das Problem besteht heute darin, dass solche optimalen Voraussetzungen immer seltener vorliegen.

Das Muskelkorsett, das die Wirbelsäule stützt, stabilisiert und entlastet, ist infolge des verbreiteten Bewegungsmangels häufig verkümmert. Fehl- und Überbelastungen zum Beispiel am Arbeitsplatz, man denke an langes Sitzen am Computer oder Arbeiten im Stehen bei nicht richtig ausbalancierter Wirbelsäule, belasten vor allem die Bandscheiben über Gebühr und können im Lauf der Zeit sogar zu Formveränderungen an den Wirbeln führen. Nicht zu vergessen ist schließlich das verbreitete Übergewicht, das die Wirbelsäule statisch ungünstig belastet und überfordert. Als Grundproblem kommt hinzu, dass die Evolution uns zwar den aufrechten Gang brachte, aber die Wirbelsäule sich dem immer noch nicht optimal angepasst hat.

Bedenkt man alle diese ungünstigen Faktoren, erscheint es nicht weiter verwunderlich, dass auch eine so ausgeklügelte Konstruktion wie die Wirbelsäule häufig geschädigt wird.

Konstruktion der Wirbelsäule

Streng genommen handelt es sich bei diesem Zentralorgan des Stütz- und Bewegungsapparats um keine Säule, denn sie weist Krümmungen nach vorne und hinten auf. Diese tragen dazu bei, dass Belastungen elastisch abgefangen werden können.

Als Teil des Achsenskeletts (dazu gehören noch Rippen und Brustbein) trägt die Wirbelsäule den Kopf, stützt den Rumpf und überträgt das Gewicht des oberen Körpers über das Becken auf die Beine. Gemeinsam mit Brustbein und Rippen bilden die Brustwirbel den Brustkorb. Gut geschützt im knöchernen Wirbelkanal liegt das Rückenmark, das Nervenimpulse vom Gehirn zum Körper und umgekehrt leitet.

Wirbelkörper und -gelenke

Tragendes Element der Wirbelsäule bildet der massive knöcherne Wirbelkörper. Übereinander angeordnet bilden die Wirbelkörper die S-förmig gekrümmte Wirbelsäule. Verschiedene Fortsätze und ähnliche Gebilde gewährleisten die Funktionen der Wirbelsäule.

An jedem Wirbelkörper geht hinten der Wirbelbogen ab und bildet das Wirbelloch. Alle Wirbellöcher zusammen formen den Kanal für das Rückenmark. Nahe beim Abgang des Wirbelbogens vom Wirbelkörper befinden sich rechts und links die Zwischenwirbellöcher, aus denen die Nervenpaare vom Rückenmark in den Körper abzweigen.

Hinten in der Mitte des Wirbelbogens geht der Dornfortsatz ab, der mit für die Verankerung der Wirbel in der Rückenmuskulatur sorgt. Vom 6. Halswirbel an abwärts sind die Dornfortsätze von außen tastbar, bei schlanken Menschen auch sichtbar. Hinter den Zwischenwirbellöchern befinden sich die Gelenkfortsätze. Sie ähneln den Gelenken im übrigen Körper und sorgen dafür, dass die einzelnen Wirbel in beweglicher Verbindung miteinander bleiben. Straffe Bänder halten das komplexe Gebilde stabil und elastisch zusammen.

Unterteilt werden die Wirbel in 3 Hauptabschnitte: Hals-, Brust- und Lendenwirbelsäule.

Die *Halswirbelsäule* (kurz HWS) besteht aus 7 Wirbeln. Den ersten nennt man *Atlas* (nach dem griechischen Riesen, der die Weltkugel trug), denn auf ihm ruht der Schädel; er ist so geformt, dass er die Nickbewegungen des Kopfs ermöglicht. Der 2. Halswirbel, als *Axis* bezeichnet, lässt die Drehbewegungen des Kopfs zu.

Die weiteren 5 Halswirbel sind grundsätzlich wie die übrigen Wirbel geformt. Allerdings weisen sie kurze Rippenanlagen und Querfortsätze auf, die zusammen einen Fortsatz bilden, in dem sich die Öffnungen für die Wirbelsäulenarterie befinden.

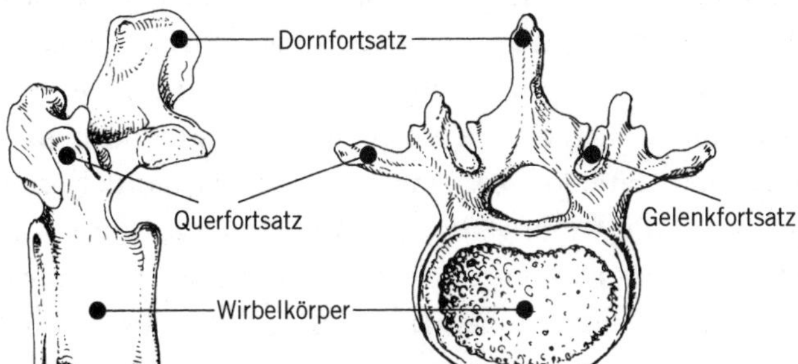

Wirbel von oben und seitlich (schematisch)

Der relativ schwere Schädel und die gute Beweglichkeit des Kopfs belasten die Halswirbel erheblich. Deshalb kommt es hier besonders häufig und relativ früh zu Schäden.

An der *Brustwirbelsäule* (kurz BWS) unterscheidet man 12 Wirbel, die nur wenig gegeneinander beweglich sind. Daher bleibt ihre Belastung geringer, Schäden kommen in diesem Abschnitt der Wirbelsäule seltener vor.

Nahe beim Wirbelkörper befinden sich an den Brustwirbeln seitlich die Gelenkflächen für die Rippen; zudem gehen hier Querfortsätze ab, die gleichfalls mit den Rippen in Kontakt stehen. Zusammen mit dem Brustbein und den Brustwirbeln bilden die Rippen den Brustkorb.

Jede Rippe beginnt hinten an einem Brustwirbel mit dem knöchernen Anteil und läuft vorne in ein kürzeres, knorpeliges Endstück aus. Sie verläuft in einem nach vorne abfallenden Bogen, dessen Enden sich beim Einatmen heben und beim Ausatmen wieder in die Ausgangsstellung zurückkehren.

Die ersten 7 Rippenpaare sind direkt mit dem Brustbein verbunden. Die Enden der nächsten 3 Rippenpaare biegen sich so nach oben, dass sie mit dem knorpeligen Anteil der jeweils darüber befindlichen Rippe in Verbindung stehen; sie bilden den von außen tastbaren Rippenbogen. Die letzten beiden Rippenpaare sind so kurz, dass sie frei in der Bauchwand enden. Trotz seiner Stabilität bildet der Brustkorb eine elastische Konstruktion, damit die Atmung uneingeschränkt möglich ist.

Auf dem Brustkorb liegt der Schultergürtel, der aus je einem Schlüsselbein und Schulterblatt besteht. Das Schlüsselbein verläuft vorne vom Brustbein bis zur Höhe des Schulterblatts. Das Schulterblatt befindet sich am Rücken und steht an der Schulterhöhe mit dem Schlüsselbein in gelenkiger Verbindung.

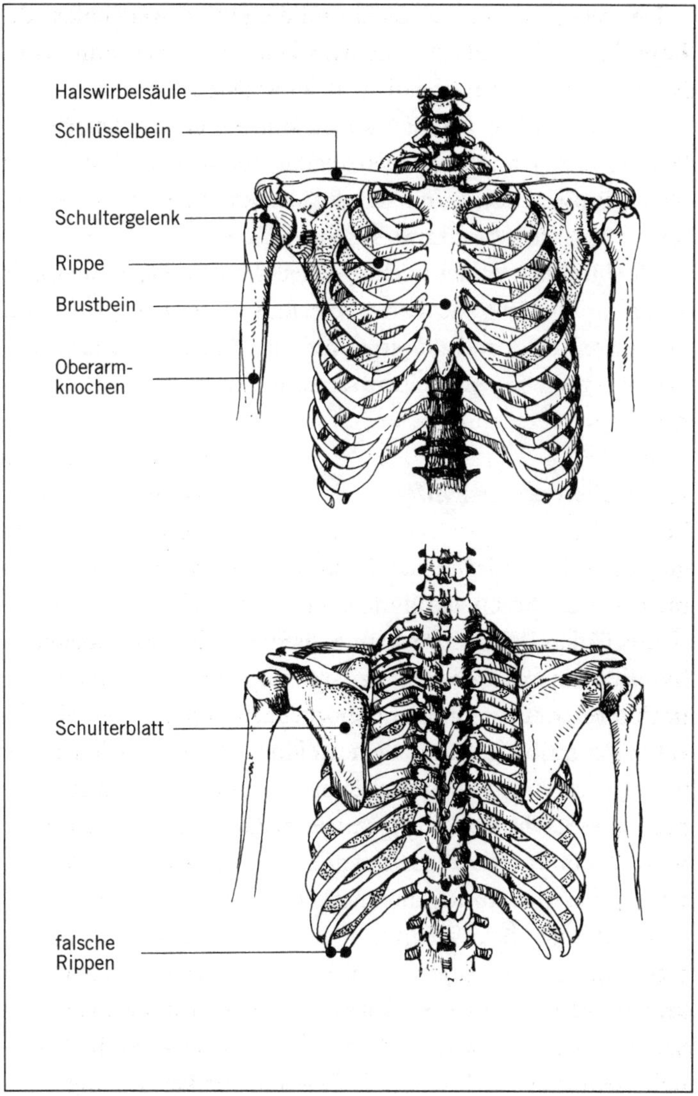
Halswirbelsäule
Schlüsselbein
Schultergelenk
Rippe
Brustbein
Oberarm-
knochen
Schulterblatt
falsche
Rippen

Die 5 Wirbel der *Lendenwirbelsäule* (kurz LWS) sind besonders kräftig, denn sie tragen das gesamte Gewicht des oberen Körpers. Dadurch werden sie erheblich belastet, Schäden treten deshalb (ähnlich wie an der HWS) auch hier häufiger und relativ früh auf. Querfortsätze kommen an den Lendenwirbeln nur verkümmert vor, die Rippenanlagen sind mit den Wirbeln verwachsen.

Den unteren Abschluss der Wirbelsäule bilden Kreuz- und Steißbein. Das *Kreuzbein* schließt sich dem letzten Lendenwirbel an und besteht aus 5 verwachsenen Wirbeln; es ist fest im Becken verkeilt. Am Ende folgt das *Steißbein* mit 4 oder 5 zusammengewachsenen kleinen Wirbeln.

Bandscheiben als Puffer

Auf den Wirbeln lastet ständig ein gewisser Druck. Selbst bei entspannter Rückenlage beträgt er ungefähr 25 kg, in Seitenlage bereits 75 kg. Beim aufrechten Stehen erhöht er sich auf etwa 100 kg, bei gebücktem Stehen oder aufrechtem Sitzen auf gut 140 kg, bei gebeugtem Sitzen gar bis zu 175 kg.

Noch extremere Belastungen sind möglich, etwa beim Anheben von Lasten; 50 kg Gewicht üben dann bis zu 300 kg Druck aus, bei Gewichthebern errechnete man sogar eine Beanspruchung bis über 1500 kg. So hoher Druck, der weit über das tatsächliche Körpergewicht hinausgeht, erklärt sich aus der jeweiligen statischen Belastung.

Darüber hinaus sind die Wirbel noch anderer Beanspruchung ausgesetzt, etwa Stößen bei Bewegungen. Das alles muss elastisch abgefangen werden, damit Wirbelknochen und -gelenke keinen Schaden nehmen. Zuständig dafür sind die elastischen Zwischenwirbelscheiben, besser bekannt als *Bandscheiben.* Diese Puffer zwischen den Wirbeln hat die Natur so genial konstruiert, dass es bisher nicht gelang, auch nur annähernd vollwertige Implantate herzustellen.

An jeder Bandscheibe unterscheidet man den äußeren Ring und den inneren Kern. Der kräftige Faserring aus straffem Bindegewebe umschließt den halb flüssigen Gallertkern, der als elastischer Puffer wirkt. Bei jeder Beanspruchung verschiebt sich die Gallertmasse, um Druck aufzunehmen und zu verteilen.

Die obere und untere Seite der Bandscheibe besteht aus knorpeligen Platten, auf denen der Druck der Wirbelkörper lastet.

Abgesehen von ihrer Pufferfunktion sind die Bandscheiben auch noch für den Zusammenhalt der Wirbel verantwortlich. Sie pressen die Wirbelkörper dazu elastisch gegeneinander.

Die Funktionsfähigkeit der Bandscheiben hängt maßgeblich vom Flüssigkeitsgehalt des Gallertkerns ab. Er nimmt Flüssigkeit wie ein Schwamm auf, wenn er komprimiert wird. Regel-

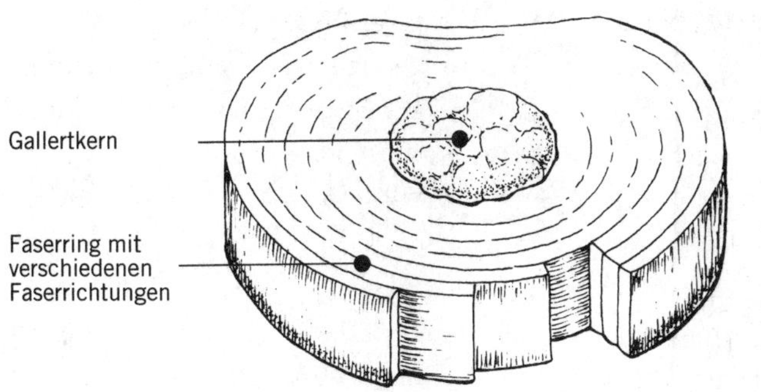

Bandscheibe (schematisch)

mäßiges Training der Wirbelsäule ist deshalb unverzichtbar, damit sich die Gallertmasse der Bandscheiben wieder mit Flüssigkeit sättigt. Bei Bewegungsmangel hingegen trocknet sie allmählich ein und wird spröde.

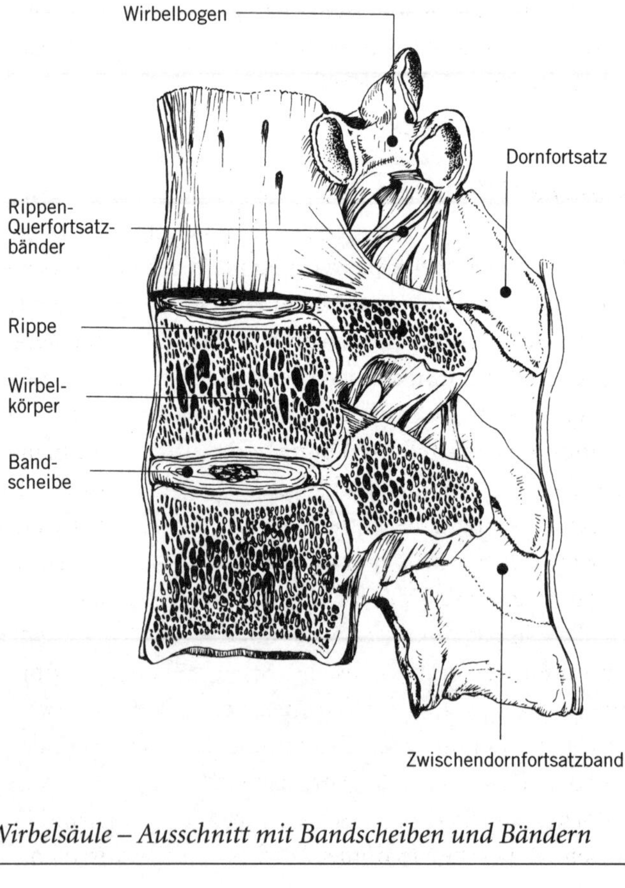

Wirbelsäule – Ausschnitt mit Bandscheiben und Bändern

Auch der fasrige Ring um den Kern herum benötigt das Training, damit er sich der Verschiebung der Gallertmasse anpassen kann und dem Druck standhält. Wenn die Bandscheiben häufig oder ständig falsch und/oder zu stark belastet werden, etwa durch chronische Haltungsfehler, ungünstige Gewohnheitshaltungen (wie bei der Arbeit) oder Übergewicht, verschleißen sie vorzeitig. Ausgleichsgymnastik kann dem zwar entgegenwirken, irgendwann droht aber doch ein bleibender Schaden an der Bandscheibe bis hin zum Vorfall.

Natürliche Krümmungen

Streng genommen trifft die Bezeichnung Säule nicht zu, denn die Wirbel sind nicht senkrecht übereinander angeordnet. Bei seitlicher Betrachtung erkennt man an der Wirbelsäule mehrere natürliche Krümmungen nach vorne und hinten, die ihr S-Form verleihen. Sie sind für Statik und Elastizität notwendig.

Krümmungen mit der Wölbung nach vorne nennt man *Lordosen,* die mit Wölbung nach hinten *Kyphosen.* An der Hals- und Lendenwirbelsäule besteht jeweils eine Lordose, an der Brustwirbelsäule eine Kyphose. Außerdem erkennt man noch eine starke Kyphose im Kreuzbein-Steißbein-Bereich.

Darüber hinaus findet man fast immer auch leichte seitliche Verkrümmungen der Wirbelsäule. Bei krankhafter Ausprägung werden sie als *Skoliosen* bezeichnet. Die Übergänge zwischen normalen und krankhaften Krümmungen der Wirbelsäule sind fließend. In erster Linie hängt das davon ab, wie stark sie von der Idealform abweichen, ob sie Schäden an den Wirbeln und Bandscheiben verursachen und/oder Beschwerden hervorrufen.

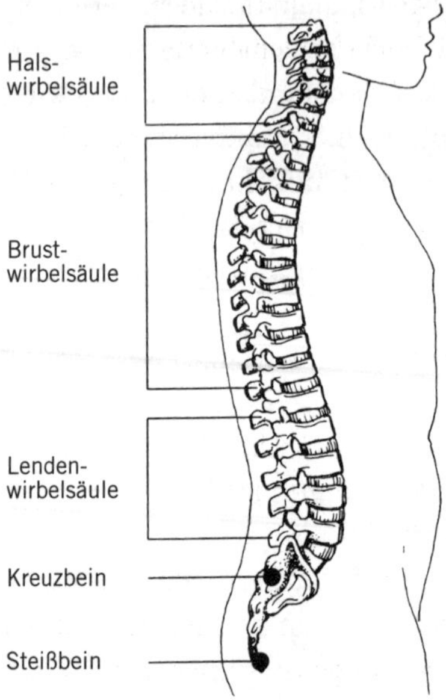

S-Form der Wirbelsäule (seitliche Ansicht)

Das »Muskelkorsett«

Eine maßgebliche Rolle für die Funktionsfähigkeit der Wirbelsäule spielen die Muskeln des Rückens und teilweise auch des Bauchs. Nur gemeinsam mit diesem »Muskelkorsett« kann die Wirbelsäule ihre Aufgaben optimal erfüllen. Fehlfunktionen der Muskulatur und Schwächung mangels Training ziehen deshalb oft auch die Wirbel und Bandscheiben erheblich in Mitleidenschaft.

Die beiden wichtigsten Muskeln des Rückens verlaufen seitlich der Wirbelsäule vom Nacken hinab zum Becken. Diese kräftigen

Muskeln bestehen aus unterschiedlich langen Fasern und halten die Wirbel und Wirbelsäulenabschnitte fest zusammen. Allerdings sorgen sie nicht nur für die gute aufrechte Haltung, sondern wirken natürlich auch bei den Bewegungen des Oberkörpers mit.

Verstärkt wird diese Statik durch kürzere, flache Muskeln, die Richtung Schultergürtel ziehen. Zum Teil verlaufen sie quer über den Rücken und sorgen so für zusätzliche Stabilität (Abb. Seite 22).

Den Gegenzug zu diesen Muskeln am Rücken schafft die Bauchmuskulatur, an die man im Zusammenhang mit der Wirbelsäule oft nicht gleich denkt. Sie ist für die Statik und Funktion aber ebenso wichtig wie die Rückenmuskeln. Zwischen Brustkorb, Rumpfseiten und Becken spannt sich die Bauchdecke, die aus eng miteinander verzahnten Muskeln besteht. Zusätzlich wirken sich die Hüft- und Beckenbodenmuskeln auf Haltung und Bewegungen der Wirbelsäule aus.

Wenn Rücken- und Bauchmuskulatur mangels Training zu sehr geschwächt werden, können sie ihre Stütz- und Bewegungsfunktionen nicht mehr erfüllen.

Als Folge wird die Wirbelsäule instabil, und die Haltung verschlechtert sich, im Lauf der Zeit werden Wirbel und Bandscheiben erheblich geschädigt. Überdies treten vermehrt Verkrampfungen der Muskulatur auf, die zusätzliche Schmerzen verursachen.

Bei der Bauchmuskulatur ist noch zu berücksichtigen, dass sie bei Übergewicht und chronischer Darmträgheit erschlafft und zu wenig Gegenzug ausüben kann. Auch auf diese Weise wird die Statik der Wirbelsäule beeinträchtigt, Schäden an Wirbeln und Bandscheiben sowie Verkrampfungen der Muskulatur entwickeln sich.

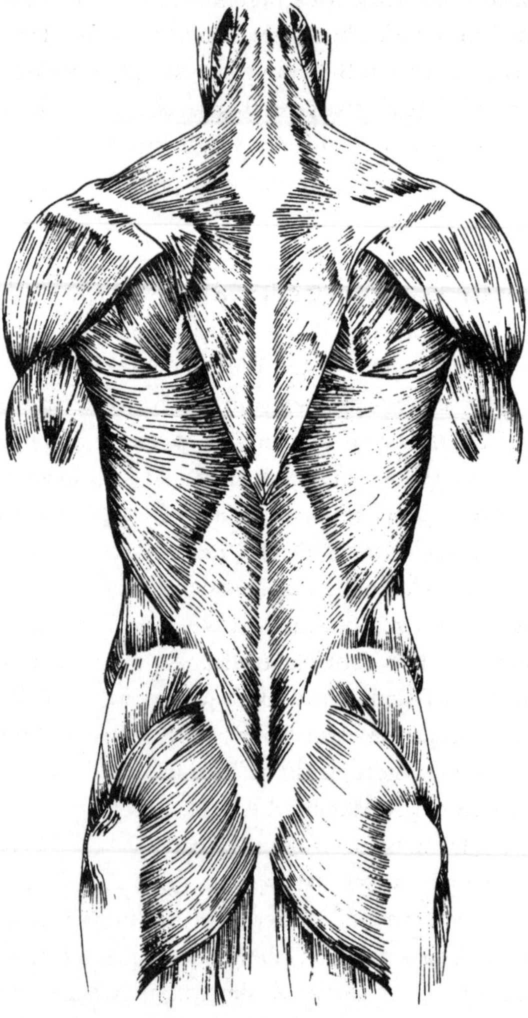

Rückenmuskulatur

Am »Muskelkorsett« wird besonders deutlich, dass Wirbel-Bandscheiben-Schäden heute besonders häufig mit den üblichen Lebensbedingungen in Beziehung stehen. Insbesondere der immer noch verbreitete Bewegungsmangel und Übergewicht durch Fehlernährung gehören zu den wesentlichen Risikofaktoren solcher Erkrankungen des Stütz- und Bewegungsapparats.

Rückenmark im Wirbelkanal

Die Wirbelbögen, die von den Wirbelkörpern nach hinten abgehen, bilden übereinander angeordnet den Wirbelkanal. Er beginnt mit der Halswirbelsäule und endet in den Lendenwirbeln. Dieser Kanal umgibt das Rückenmark, das als Teil des zentralen Nervensystems das Gehirn mit dem übrigen Körper verbindet. Eine harte Haut, Flüssigkeit und der knöcherne Wirbelkanal schützen das Rückenmark vor Gewalteinwirkungen.

Im Querschnitt erkennt man am Rückenmark die weiße und graue Substanz. Die Oberfläche wird von der weißen Substanz gebildet, deren Fasern verschiedene Anteile des Rückenmarks miteinander oder mit dem Gehirn verbinden. Richtung Lendenwirbel nimmt diese Substanz ab (Abb. Seite 24).

Im Inneren des Rückenmarks befindet sich die graue Substanz. Sie besitzt an beiden Seiten je ein Vorder- und Hinterhorn und wirkt deshalb schmetterlingsförmig.

Die Nervenfasern des Vorderhorns bilden den Hauptanteil der vorderen Nervenwurzel, deren Nerven die Befehle zur willkürlichen Bewegung an die Muskulatur weiterleiten. Die Nerven des Hinterhorns bilden die hintere Nervenwurzel mit sensiblen Nervenfasern, die Reize aus dem Körper aufnehmen und zum Gehirn leiten oder in einem Reflexbogen des Rückenmarks sofort beantworten.

Am stärksten ist die graue Substanz des Rückenmarks dort ausgebildet, wo die Nervenwurzeln für die Gliedmaßen abgehen.

Ferner befinden sich im Rückenmark noch untergeordnete Zentren des vegetativen Nervensystems. Sie arbeiten autonom, unterstehen also nicht der Steuerung durch das zentrale Nervensystem.

Insgesamt zweigen vom Rückenmark 31 Nervenpaare ab, die dem Körper Befehle übermitteln und Reize weiterleiten. Sie treten durch die Zwischenwirbellöcher aus. Von der Halswirbelsäule gehen sie fast waagrecht ab, im BWS-Bereich schräg und von der Lendenwirbelsäule fast senkrecht nach unten.

Das eigentliche Rückenmark endet bereits bei der unteren Brustwirbelsäule, im Lendenwirbelkanal befinden sich lediglich noch Nervenfasern, die wegen ihrer Form als »Pferdeschweif« bezeichnet werden.

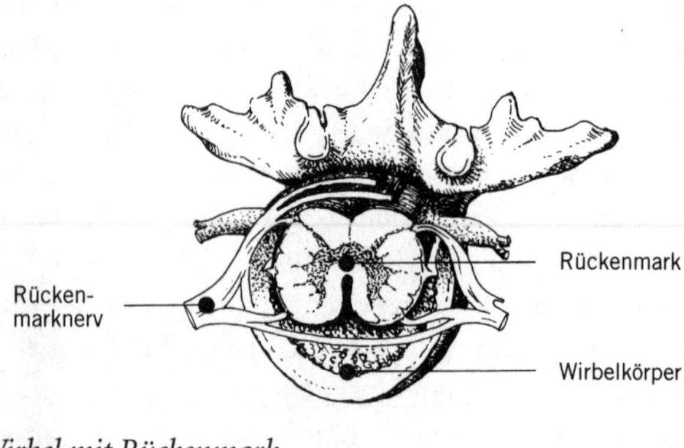

Wirbel mit Rückenmark

Fehlentwicklung der Evolution?

Die Häufung von Bandscheiben- und Wirbelschäden wirft natürlich die Frage auf, ob dieser Teil unseres Skeletts eine Fehlentwicklung ist. Bis zu einem gewissen Grad trifft das zu. Ursprünglich war die Wirbelsäule nämlich für Lebewesen konstruiert, die sich auf 4 Beinen bewegten.

Im Verlauf der Evolution ging der Mensch zum aufrechten Gang über. Damit waren viele Wettbewerbsvorteile im Kampf ums Überleben verbunden, vor allem die bei der Beutesuche oder Abwehr von Feinden nützliche weitere Sicht. Deshalb behielten wir den aufrechten Gang auch bei. Die Entwicklung der Menschheit wäre gewiss anders verlaufen ohne den aufrechten Körper.

Der gravierende Nachteil besteht indes darin, dass bei aufrechter Haltung andere Kräfte als beim vierfüßigen Gehen auf Wirbel und Bandscheiben einwirken. Da zwei der Punkte, auf denen das Körpergewicht bei Vierfüßern ruht, nicht mehr vorhanden sind, wird die Statik empfindlich beeinträchtigt. Die Wirbelsäule müsste eigentlich zusammenfallen, weil die beiden verbleibenden Stützpunkte ihr nicht mehr genügend Stabilität verleihen. Nur die Muskulatur von Rücken und Bauch hält den Körper aufrecht.

Auch auf 2 Beinen kann man sicher stehen und gehen, wie der Mensch seit vielen tausend Jahren praktisch beweist. Optimale Bedingungen setzten jedoch voraus, dass sich die Konstruktion den veränderten Belastungen anpasst. Das gelang bisher noch nicht; die Evolution stellte uns zwar auf 2 Beine, aber der Stütz- und Bewegungsapparat entspricht weitgehend den Bedürfnissen des Vierbeiners.

Aus dieser Grundursache erklären sich viele Beschwerden an der Wirbelsäule mit. Unter anderem werden dadurch die Muskeln überfordert und chronisch verspannt, was zu dauernden Schmerzen führt. Ferner kommt es zu Fehl- und Überbelastungen der Wirbel und Bandscheiben, die schließlich mit chronischen Schäden bis hin zum Vorfall enden können.

Freilich handelt es sich hierbei um ein Grundproblem, für das in absehbarer Zeit noch keine Lösung in Sicht ist. Wahrscheinlich wird es noch lange dauern, bis die Evolution den Stütz- und Bewegungsapparat des Menschen an den Gang auf 2 Beinen angepasst hat (sofern es überhaupt je eine optimale Lösung gibt). Mit diesem Problem müssen wir leben, schließlich können wir nicht wieder auf 4 Beinen durchs Leben gehen. Trotz aller Schwachstellen des Stütz- und Bewegungsapparats muss das nicht zwangsläufig zu Beschwerden und Schäden führen. Die ursprünglich von der Natur nicht vorgesehenen Belastungen durch den aufrechten Gang lassen sich nämlich vermindern und ausgleichen, sodass sie ohne Folgen verkraftet werden. Das erfordert jedoch aktives Handeln der Betroffenen, insbesondere Training der Muskulatur, Korrektur von Fehl- und Zwangshaltungen, schließlich auch noch Vermeidung unnötiger weiterer Belastungen. Alle diese Maßnahmen zur Vorsorge werden später noch ausführlich vorgestellt.

Rückenschmerzen als Massenphänomen

Es gibt bei uns wohl kaum einen Erwachsenen, der nicht gelegentlich einmal an Rücken-Kreuz-Schmerzen leidet. Funktionelle Störungen und organische Schäden in diesem Teil des Stütz- und Bewegungsapparats gehören heute zu den Volkskrankheiten, ein Massenphänomen, das von vielen als unvermeidlich hingenommen wird.

Dabei erkennt man doch unschwer, dass die Grundursachen häufig »hausgemacht« sind, begründet in Verhaltensfehlern, die den Rücken unnötig strapazieren. Gewiss, auch Erkrankungen an Wirbeln und Bandscheiben oder sogar unabhängig vom Stütz- und Bewegungsapparat erzeugen nicht selten Schmerzen und Verspannungen, aber auch dann kann falsches Verhalten mit eine Rolle spielen. Und nicht zuletzt stehen die Schmerzen bei vielen Patienten in enger Beziehung mit dem seelischen Erleben.

Oft fällt es schwer, überhaupt objektiv nachzuweisen, dass subjektive Beschwerden tatsächlich auf einem Schaden an der Wirbelsäule beruhen. Die üblichen Untersuchungen können nahezu ohne Befund bleiben, selbst wenn die Betroffenen unter hohem Leidensdruck stehen. Da dieses Leiden sich objektiv aber nicht nachvollziehen lässt, geraten sie leicht in den Verdacht, eingebildet krank zu sein. Das erscheint nicht allein ungerecht, weil die Symptome wirklich wahrgenommen werden, sondern kann das Krankheitsbild sogar verschlimmern, da derartiger Stress die Muskulatur noch stärker verspannt.

Es sei an dieser Stelle nochmals in aller Deutlichkeit betont:

> Menschen, die an Rücken-Kreuz-Schmerzen leiden, ohne dass dazu ein objektiver Befund erhoben werden kann, sind keine Hypochonder oder Simulanten. Sie erleben die Symptome tatsächlich, teilweise schwerer als bei einer erkennbaren organischen Ursache. Deshalb ist es falsch und ungerecht, sie als bloße »eingebildete Kranke« abzuwerten.

Häufige Grundursachen der Schmerzzustände

Die typischen Grundursachen von Rücken- und Kreuzschmerzen stehen in enger Beziehung mit der heute in den westlichen Industrienationen üblichen Lebens- und Ernährungsweise. An erster Stelle sind Übergewicht und Bewegungsmangel zu nennen; sie tragen auch zu den verbreiteten Haltungsfehlern mit bei. Wenn diese ungünstigen Faktoren eingeschränkt oder ausgeschaltet werden, gelingt es oft, den Schmerzzuständen vorzubeugen oder sie wenigstens zu verzögern und zu lindern. Bei Bedarf muss damit bereits bei den Kindern begonnen werden.

Verbreitete Fehlhaltungen

Im Alltag nehmen wir meist unbewusst die individuelle Gewohnheitshaltung ein, sofern nicht besondere Umstände eine andere Haltung erfordern. Da wir bewusst kaum darauf achten, fällt es naturgemäß meist schwer, Haltungsfehler frühzeitig zu erkennen und zu korrigieren, ehe sie bleibende Schäden an Wirbeln und Bandscheiben anrichten.

Von grundlegender Bedeutung für die Haltung kann die Qualität des Bindegewebes sein. Wenn hier eine meist anlagebedingte Schwäche besteht, führt das häufig auch zur Haltungsschwäche, was aber nicht zwangsläufig Fehlhaltung bedeuten muss. Ein gut trainiertes »Muskelkorsett« kann die Bindegewebsschwäche weitgehend ausgleichen. Außerdem lässt sich auch das Bindegewebe bis zu einem gewissen Grad stärken und erfüllt dann seine Funktionen wieder besser. Die Bindegewebsschwäche soll also lediglich als Risikofaktor verstanden werden. Erst wenn weitere störende Einflüsse hinzukommen, drohen dauernde Haltungsfehler.

Da wir die Körperhaltung nicht ständig bewusst kontrollieren, spielen die Gewohnheiten eine wichtige Rolle. Jeder neigt dazu, in bestimmten Situationen immer wieder seine gewohnte Haltung einzunehmen, zum Beispiel bei der Arbeit am Schreibtisch oder im Sessel beim Fernsehen. Wenn diese Haltung gut ist, schützt sie vor Fehlbelastungen und Schäden.

Nimmt man allerdings aus Gewohnheit immer wieder eine ungünstige Haltung ein, führt das häufig bald zu erheblichen Schäden. Naturgemäß wirken sich schlechte Gewohnheitshaltungen meist besonders schwer wiegend aus, weil man sie eben immer wieder einnimmt.

Falsche Haltungsgewohnheiten erkennt man, indem die häufigsten Haltungen selbstkritisch überprüft werden. Meist stellt sich dabei heraus, dass die eine oder andere nicht optimal ist. Diese wird dann durch eine neue Gewohnheitshaltung ersetzt. Anfangs muss das bewusst geschehen, bis die bessere Haltung in Fleisch und Blut übergegangen ist.

Übersehen wird oft, dass Kleidung und Schuhwerk die Haltung maßgeblich mitbestimmen können. Berüchtigt bei Orthopäden sind vor allem die beliebten superengen Jeans und Schuhe mit hohen Absätzen (oft beides zusammen). Dadurch wird das Becken in eine Fehlstellung gekippt, die naturgemäß auch die Wirbelsäule in Mitleidenschaft zieht. Wer sich bevorzugt so kleidet, muss oft schon nach kurzer Zeit mit schmerzhaften Verspannungen der Rücken- und Bauchmuskeln rechnen, weil diese versuchen, die Fehlbelastung auszugleichen. Wenn auf diese Warnzeichen nicht geachtet wird, drohen über kurz oder lang Wirbel- und Bandscheibenschäden.

Auch Schuhe mit normal hohen Absätzen können Becken und Wirbelsäule strapazieren. Wenn sie zu eng oder zu weit sind und/oder die Sohle nicht flexibel genug ist, rollt der Fuß beim Gehen nicht richtig ab. Das wirkt sich bis in die Bauch- und Rückenmuskulatur aus und verursacht schließlich Schäden am Skelett.

Zum Teil stehen Fehlhaltungen mit Schule, Beruf und Hobby in Beziehung. Bei Schülern liegt es oft an falschen Sitzmöbeln und Schreibtischen, neuerdings vermehrt auch an Computermöbeln, wenn sie eine schlechte Haltung einnehmen. Diese wird bald zur Gewohnheit und erzeugt zunächst chronische Kreuz-Rücken-Schmerzen, zum Teil auch Nacken-, Schulter-, Armbeschwerden und/oder Kopfschmerzen als Folge der verkrampften Muskulatur. Wird keine Abhilfe geschaffen, geht die Fehlhaltung oft schon in jungen Jahren in organische Schäden an Wirbeln und Bandscheiben über. Eltern und Schule sollten allerdings nicht nur auf geeignetes Mobiliar achten, sondern bewusst zur guten Haltung erziehen.

Am Arbeitsplatz bestehen zahlreiche Risiken für Wirbel und Bandscheiben. Am Schreibtisch oder an der Werkbank werden oft falsche Haltungen eingenommen, selbst wenn die Möbel ergonomisch gut gestaltet sind. Manche Arbeiten erfordern ungünstige Zwangshaltungen, man denke zum Beispiel an Tätigkeiten an schwer zugänglichen Stellen. Abhilfe lässt sich hier oft durch technische Hilfsmittel schaffen. Grundsätzlich gilt, dass Arbeiten in der günstigsten Haltung erledigt werden.

Selbst ein Hobby kann eine Gefährdung darstellen, wenn man es in falscher Haltung ausübt. Unter anderem trifft das für Heimwerker und Hobbygärtner zu, die sich nicht selten auch noch überfordern. Vorübergehende Fehlbelastungen hinterlassen kaum bleibende Schäden, gewohnheitsmäßige Fehlhaltungen hingegen wirken sich oft schon frühzeitig mit Verspannungen der Muskulatur, Schmerzen und schließlich Wirbel-Bandscheiben-Schäden aus.

Nicht zuletzt muss der Zusammenhang zwischen körperlicher Haltung und Seelenleben beachtet werden. Die äußere Haltung eines Menschen steht in enger Beziehung mit seiner seelisch-geistigen Haltung. Ungünstige psychische Einflüsse, zum Beispiel Ängste und Depressionen, stören deshalb auch die Körperhaltung derart, dass Schäden an Wirbeln und Bandscheiben eintreten können.

Bewegungsmangel schwächt Rückenmuskeln

Die Wirbelsäule allein könnte den Oberkörper nicht halten, sie ist mit auf die Muskulatur des Rückens und teilweise auch noch des Bauchs angewiesen. Nur mit dieser Unterstützung wird der Oberkörper stabilisiert und aufrecht gehalten. Wie alle Muskeln benötigt aber auch dieses »Muskelkorsett« regelmäßiges Training, sonst verkümmert es und kann seine Funktionen nicht mehr erfüllen.

Mangel an Bewegung schädigt Wirbel und Bandscheiben direkt und indirekt in mehrfacher Weise. Die Bandscheiben werden einseitig belastet, wenn kein ausgleichendes Training erfolgt, und können auch nicht genügend Flüssigkeit aufsaugen. Allmählich verlieren sie ihre Elastizität und können schließlich einreißen.

An den kleinen Gelenken der Wirbelsäule kann sich (wie an den größeren Gelenken des Körpers auch) bei Bewegungsmangel eine Arthrose entwickeln, die Beweglichkeit wird immer stärker eingeschränkt. Aus der Weltraummedizin ist bekannt, dass alle Skelettstücke, die nicht regelmäßig geübt werden, rasch an Masse verlieren und anfälliger für Schäden werden. Umgekehrt gilt das natürlich auch, regelmäßiges Training fördert den Einbau von Aufbaustoffen in die Wirbel.

Das soll schon im jugendlichen Alter beachtet werden, um

Zusammenfassend bleibt festzuhalten: Ohne ein Mindestmaß an regelmäßigem Training können Wirbel und Bandscheiben nie dauernd gesund und voll funktionsfähig bleiben.

frühzeitige Schädigungen zu verhüten. Als gute Gewohnheit behält man das Training am besten ein Leben lang bei, es schützt auch vor anderen Gesundheitsstörungen (z. B. Osteoporose).

Überlastung durch Übergewicht

Wirbel und Bandscheiben können das normale Körpergewicht tragen und auch vorübergehende höhere Belastungen meist problemlos verkraften. Kritisch wird es dagegen, wenn dauernde Überlastung durch Übergewicht besteht. Dem können sich Wirbel und Bandscheiben nicht anpassen, im Lauf der Zeit werden sie unweigerlich geschädigt.

Das heute verbreitete Übergewicht kann zur gleichmäßigen Verteilung des gespeicherten Fetts am ganzen Körper führen. Bei diesem Typ werden also alle Wirbel und Bandscheiben (natürlich auch noch andere Skelettanteile) überlastet und verschleißen vorzeitig.

Noch ungünstiger ist der Typ, bei dem sich das Speicherfett am Bauch konzentriert (häufiger bei Männern). Die Statik der Wirbelsäule ist nicht darauf eingerichtet, das zusätzliche Gewicht des Bauchansatzes zu tragen. Sie wird dadurch nach vorne gezogen, ein Hohlkreuz entsteht, das Wirbel und Bandscheiben einseitig überfordert.

Verschlechtert wird dieser Zustand noch, weil der Fettansatz die Bauchmuskulatur erschlaffen lässt. Dadurch tritt der Bauch noch weiter vor, seine Muskeln können die des Rückens nicht mehr ausreichend unterstützen. Überdies neigen Übergewichtige häufig zur Bewegungsarmut, die deshalb untrainierten und überforderten Muskelgruppen erschlaffen noch stärker.

Vielfach kommt noch hinzu, dass Übergewicht durch falsche Ernährung entsteht, die zwar reichlich Kalorien, aber oft zu wenig Vital- und Aufbaustoffe enthält. Als Folge erhalten Wirbel und Bandscheiben nicht genügend Baustoffe und werden noch anfälliger für vorzeitigen Verschleiß.

Übergewicht gehört zu den verbreitetsten Risikofaktoren für den Stütz- und Bewegungsapparat. Es lässt sich aber auch relativ einfach normalisieren, wenn man sich zu einer gesünderen Kost entschließt. Das bedeutet zugleich auch die Vorbeugung vieler anderer Zivilisationskrankheiten, insbesondere Herz-Gefäß-Schäden und Krebs.

Weitere Ursachen

Wirbel-Bandscheiben-Schäden können noch durch eine Reihe anderer Faktoren entstehen oder begünstigt werden. Es führte zu weit, diese zum Teil nur individuell bedeutsamen Risiken alle vorzustellen. Erwähnt seien lediglich noch Überforderung und schlecht ausgestattete Betten.

Die Folgen chronischer Überlastung der Wirbelsäule und Bandscheiben wurden bereits beim Übergewicht (s. S. 33) erklärt. Sie treten natürlich auch dann ein, wenn der Rücken durch andere Einflüsse häufiger überfordert wird. Typisches Beispiel dafür sind Berufe mit schwerer körperlicher Arbeit (wie Spediteure, Bau-, Wald- und Erntearbeiter), die oft auch noch einseitig überfordert. Gewiss lässt sich das bis zu einem gewissen Grad durch Gewöhnung und Ausgleichstraining auffangen. Aber im Lauf der Zeit, wenn Wirbel und Bandscheiben altern und nicht mehr genug neue Substanz aufbauen, nimmt der Verschleiß stark zu.

Sinngemäß lässt sich das auch auf Hobby und Sport übertragen. Vor allem Heimwerker und Hobbygärtner neigen oft dazu, sich selbst zu überschätzen und sich Anstrengungen zuzumuten, die im Lauf der Zeit zur Wirbel-Bandscheiben-Schädigung führen müssen. Im ungünstigsten Fall kommt es bei solchen ungeübten Menschen bei plötzlicher hoher Überlastung zum Vorfall der Bandscheiben oder sogar zum Wirbelbruch.

Beim Sport, der grundsätzlich zur Vorbeugung empfohlen wird, besteht gleichfalls die Gefahr der Überforderung. Teils ergibt sich das Risiko aus der Sportart selbst (wie Gewichtheben), teils aus falscher Technik beim Training, die unnötig überfordert. Und viele Freizeitsportler versuchen dann auch noch, möglichst lang und intensiv zu trainieren und die persönliche Leistung viel zu schnell zu steigern. Das führt unabhängig von Sportart und Technik über kurz oder lang zu Schäden an Wirbeln und Bandscheiben.

Ungeübte sollten das Training unter fachlicher Leitung beginnen, damit sie nicht gleich übers Ziel hinausschießen, und möglichst vorher den Therapeuten befragen, ob aus medizinischen Gründen Einschränkungen beim Training notwendig sind.

Das Bett spielt wahrscheinlich bei vielen Schäden am Rücken eine wichtige Rolle als Grundursache. Schließlich verbringen die meisten Menschen täglich 6–8 Stunden darin. Wenn die Wirbelsäule so lange falsch gelagert wird, können Schäden nicht ausbleiben. Andererseits entlastet eine gute Lagerung im Bett die Wirbel und Bandscheiben stundenlang optimal, sie können sich gut regenerieren und erholen. Das gut ausgestattete Bett gehört deshalb unbedingt zur Vorbeugung und Therapie.

Folgende Warnzeichen sprechen oft dafür, dass das Bett keine gute Lagerung der Wirbelsäule gewährleistet:

- Kopf-, Nacken- und/oder Schulterschmerzen am Morgen;
- Schmerzen im Rücken und/oder Kreuz beim Erwachen;
- Durchblutungsstörungen und/oder Missempfindungen im Kopf-Nacken-Bereich nach dem Aufwachen;
- Schlafstörungen ohne erkennbare andere Gründe.

Zwar kann das alles auch auf andere Ursachen hinweisen, Klarheit schafft aber erst die fachliche Untersuchung.

Zu den häufigsten Risiken im Bett gehören Roste, Matratzen und Kopfkissen.

Bei den Bettrosten stellt man oft fest, dass sie zu stark durchgelegen sind, den Körper also nicht mehr gut abstützen können. Allerdings gibt es auch neuwertige Roste, die so ungünstig konstruiert wurden, dass der Körper darauf keinen guten Halt findet. Generell als problematisch gelten Roste mit viel Metall, weil sie möglicherweise (?) bioelektrische Körperfunktionen stören.

Auch die Matratzen sind nicht selten zu alt und durchgelegen; das kann auch ein guter Rost nicht ausgleichen. Ein weiterer Fehler sind oft zu weiche oder zu harte Matratzen, die beide den Körper nicht optimal unterstützen. Es empfiehlt sich, probeweise auf Matratzen unterschiedlicher Härte zu liegen und darauf zu achten, wie man sich jeweils fühlt. Zudem soll berücksichtigt werden, dass mit dem Körpergewicht auch die Härte der Matratze zunehmen soll, sonst sinkt der schwerere Körper ungünstig ein.

Ob Federkernmatratzen wegen ihres Metallgehalts tatsächlich bioelektrische Lebensfunktionen beeinträchtigen, lässt sich derzeit noch nicht zuverlässig beantworten. Wer derartige Störungen befürchtet, sollte metallfreie Matratzen mit Schaumstoffkern gebrauchen.

Rund ein Drittel des Tages belasten ungünstig ausgerüstete Betten die Wirbel und Bandscheiben. Wird nicht bald Abhilfe geschaffen, lassen sich die Beschwerden oft überhaupt nicht mehr bessern.

Die üblichen Kopfkissen bieten dem Kopf und der Halswirbelsäule weder in Rücken- noch in Seitenlage optimalen Halt, die Wirbelsäule knickt meist zu stark ab. Da sie im Halsabschnitt besonders empfindlich ist, kann es allein wegen des falschen Kopfkissens bald zu Wirbel-Bandscheiben-Schäden kommen.

Seit diese Problematik erkannt wurde, gibt es anatomisch besser geformte Kopfkissen mit einem Wulst zur Stützung der Halswirbelsäule und eine Vertiefung zur Lagerung des Kopfs. Spätestens bei einer Neuanschaffung sollte man derartige Kissen bevorzugen. Wer häufig/chronisch an Beschwerden leidet, die offensichtlich auf Roste, Matratzen und/oder Kopfkissen zurückzuführen sind, darf nicht am falschen Platz sparen, die ungünstige Ausstattung des Betts vielleicht noch verwenden wollen, bis eine Neuanschaffung ohnehin erforderlich wäre.

Erkrankungen der Wirbelsäule

Unabhängig von den bisher vorgestellten Grundursachen gehen natürlich viele Erkrankungen der Wirbelsäule mit mehr oder minder starken, akuten oder chronischen Schmerzen einher. Besonders weit verbreitet sind zum Beispiel Hexenschuss, Ischias und Arthrose der kleinen Wirbelgelenke, nicht zu vergessen die Osteoporose. Alle diese Krankheiten erfordern fachliche Untersuchung und rasche Therapie, damit sie möglichst noch geheilt, zumindest aber gebessert und aufgehalten werden können.

Hals- und Brustwirbelsäulensyndrom

Die *Halswirbelsäule* (kurz HWS) reagiert besonders anfällig auf schädliche Einflüsse. Oft machen die ersten Symptome sich bereits in jüngeren Jahren bemerkbar.

Ein Grund für die häufigeren Erkrankungen im HWS-Bereich ist der Kopf, der auf den relativ schwachen Halswirbeln lastet, gehalten und bewegt werden muss. Das allein kann im Lauf der Zeit schon zu Wirbel-Bandscheiben-Schäden führen. Oft kommt noch hinzu, dass die HWS fehl- und überbelastet wird, sei es nun durch Zwangshaltungen am Arbeitsplatz, ungünstige Lagerung des Kopfs im Bett oder andere individuelle Ursachen.

Das HWS-(Zervikal-)Syndrom beginnt häufig mit schmerzhaften Verspannungen der Muskulatur an Hals, Nacken, Schultern, teils auch noch in den Armen. Im weiteren Verlauf, wenn die Nervenwurzeln in den Zwischenwirbellöchern gereizt und zum Teil die Wirbelsäulenarterien eingeengt werden, treten zusätzlich Durchblutungsstörungen, Taubheit und sogar Lähmungen bis hinab in die Finger auf.

Viele der Betroffenen klagen überdies über Kopfschmerzen, die sich in typischen Fällen vom Nacken her über den Schädel ausbreiten und bevorzugt morgens sowie nach bestimmten Haltungen und Bewegungen des Kopfs vorkommen. Der Kopfschmerz kann so heftig wie bei einer Migräne werden, deshalb bezeichnet man die schwerer verlaufende Form auch als *Migraine cervicale.*

Eine Reihe weiterer Symptome erscheint zunächst unklar, man denkt eher an andere Krankheiten. Dazu gehören vor allem noch Augenschmerzen, Flimmern vor den Augen, Schwerhörigkeit, Ohrgeräusche, Schluckstörungen, Herzbeschwerden bis zum Angina-pectoris-Anfall, zum Teil auch Bluthochdruck. Außerdem scheinen bei HWS-Patienten allergische Krankheiten häufiger vorzukommen, was allerdings noch nicht sicher nachgewiesen werden konnte. Alle diese mehrdeutigen Beschwerden entstehen durch Nervenreizung im HWS-Bereich, die in den übrigen Körper ausstrahlt.

Aus der Lokalisation der Beschwerden kann man unschwer Rückschlüsse auf den Sitz der Wirbel-Bandscheiben-Schädigung ziehen. Wenn die obersten beiden Halswirbel betroffen sind, kommt es hauptsächlich zu Kopfschmerzen und anderen Störungen der Kopforgane (z. B. an den Augen). Vom 3./4. Halswirbel können Missempfindungen und Schmerzen vor allem in die Schultern ausstrahlen. Der 5. Halswirbel verursacht Beschwerden an der hinteren Schulter sowie in den Oberarmen. Die letzten Halswirbel sind meist für Schmerzen, Lähmungen und Empfindungsstörungen an der Rückseite der Oberarme, in den Unterarmen, Händen und Fingern verantwortlich.

Die *Brustwirbelsäule* (kurz BWS) ist längst nicht so anfällig für Schädigungen wie die HWS. Das erklärt sich einmal daraus, dass die Brustwirbel und ihre Bandscheiben weniger durch Bewegungen belastet werden. Außerdem sind die Zwischenwirbellöcher der BWS ziemlich groß, die Nervenwurzeln werden daher bei Wirbel-Bandscheiben-Schäden nicht so schnell gereizt.

Das BWS-Syndrom geht mit verschiedenen Beschwerden einher, die teils auch auf innere Krankheiten hinweisen könnten. Typisch ist bei vielen Patienten der Schmerz in mittlerer Höhe des Rückens, der über die Zwischenrippennerven halbkreisförmig um den Brustkorb herum ausstrahlen kann. Häufig stört das BWS-Syndrom auch noch die Funktionen innerer Organe; unter anderem kann es dadurch zu Atemnot, Verkrampfung der Bronchien (asthmaartig), Schmerzen beim Atmen, Herzbeschwerden bis zum Angina-pectoris-Anfall, Kreislaufstörungen mit zu hohem oder niedrigem Blutdruck und Schluckstörungen durch Verkrampfung der Speiseröhre kommen.

Auch der erfahrene Mediziner wird durch die vieldeutigen Symptome des BWS-Syndroms nicht selten zunächst in die Irre geführt. Erst wenn gängige Therapien versagen, wird man schließlich auch an die BWS denken und gezielt untersuchen. Bis dahin haben viele Patienten schon einen langen Leidensweg hinter sich.

Lendenwirbelsäulensyndrom, Hexenschuss und Ischias

Die *Lendenwirbelsäule* (kurz LWS) wird durch das Gewicht des oberen Körpers erheblich belastet. Zwar sind die Lendenwirbel besonders kräftig ausgebildet, aber das schützt nicht vor Beschwerden. Rund zwei Drittel aller Wirbel-Bandscheiben-Schäden betreffen die LWS, wo sie vor allem Kreuzschmerzen, Hexenschuss und Ischias verursachen.

Die Kreuzschmerzen am unteren Rücken werden oft akut ausgelöst, beispielsweise durch zu schweres Heben oder ungeschickte Bewegungen. Der Schmerz kann plötzlich sehr stark auftreten, aber auch leicht beginnen und sich allmählich verschlimmern, häufig wiederkehren oder dauernd vorhanden sein. Lachen, Niesen, Husten und ruckartige Bewegungen verschlechtern den Zustand. Unbehandelt kann die dem Schmerz häufig zugrunde liegende Wirbel-Bandscheiben-Schädigung im LWS-Bereich zu Lähmungen der Beine, Kontrollverlust über Harn- und/oder Stuhlabgang führen.

Oftmals bestehen die Kreuzschmerzen morgens beim Aufstehen am stärksten. Das weist meist auf ungünstig ausgestattete Betten hin, in denen der Körper wie in einer Hängematte durchhängt.

Nicht immer müssen Kreuzschmerzen von der LWS ausgehen. Zu denken ist zum Beispiel noch an schwache Bauchmuskulatur, Fehlstellung des Beckens, Rheuma und ausstrahlende Schmerzen von erkrankten Bauch- und Unterleibsorganen (letztere häufiger bei Frauen). Erst die gründliche Untersuchung kann solche Ursachen ermitteln.

Keine Seltenheit sind Kreuzschmerzen beim Iliosakralsyndrom, das die Gelenke zwischen Becken und Kreuzbein betrifft. Schmerzen bestehen dabei ständig, morgens meist am schlimmsten. Zum Teil strahlen sie in andere Körpergebiete aus und täuschen unter Umständen zunächst eine andere Krankheit vor. Die Beweglichkeit wird erheblich eingeschränkt.

Kreuzschmerzen bestimmen auch das Krankheitsbild der lumbosakralen Übergangswirbel. Dazu kommt es, wenn der 1. Wirbel des Kreuzbeins in die LWS einbezogen wird, also 6 Wirbel beweglich sind. Bei einer anderen Form wird der letzte Lendenwirbel so ins Kreuzbein eingefügt, dass die LWS nur noch über 4 bewegliche Wirbel verfügt. Beide Arten der Übergangswirbel beeinträchtigen die Statik der Wirbelsäule erheblich, die Beweglichkeit wird zunehmend eingeschränkt, Wirbel-Bandscheiben-Schäden entwickeln sich.

Schließlich sei noch das Kaudasyndrom als mögliche Ursache von Kreuzschmerzen erwähnt. Begleitet von Empfindungsstörungen innen an den Oberschenkeln, Muskelschwäche in den Waden, Potenzstörungen und Harn-/Stuhlinkontinenz. Das Krankheitsbild entsteht, wenn die Nervenwurzeln im Bereich der letzten 3 Lendenwirbel eingeengt und gereizt werden.

Der *Hexenschuss* beginnt plötzlich mit starken Kreuzschmerzen und Bewegungsunfähigkeit. Jeder Bewegungsversuch, Husten, Niesen oder Lachen verschlimmern die Schmerzen, die Betroffenen nehmen instinktiv eine Schonhaltung ein. Auch ohne Therapie klingen die Symptome nach einigen Tagen wieder ab. Trotzdem darf der Hexenschuss nicht auf die leichte Schulter genommen werden. In vielen Fällen deutet er nämlich auf einen Bandscheibenschaden im Bereich der LWS hin und kehrt in immer kürzeren Abständen zurück, schlimmstenfalls endet das mit einem Bandscheibenvorfall. Dem beugt frühzeitige fachliche Hilfe recht zuverlässig vor.

Ausgelöst wird der akute Hexenschuss oft durch ungeschickte Bewegungen, Überforderung oder Zugluft, die den unteren Rücken stärker abkühlt. Das alles sind aber meist nicht die Ursachen der Lumbago, sondern es liegt ein Schaden an den Bandscheiben vor.

Zum schmerzhaften *Ischias* kommt es, wenn die Nervenwurzeln des Ischiasnerven im unteren LWS-Bereich gereizt werden. Oft erklärt sich das ebenfalls aus Bandscheibenschäden. Als andere Ursachen kommen Verletzungen und Entzündungen des Nervs oder Blutstau im Beckenraum (etwa bei Schwangerschaft) in Betracht. Vorsorglich soll bei unklaren Ursachen der

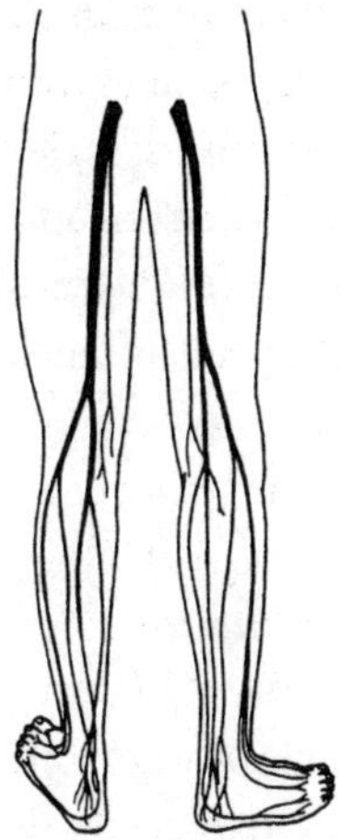

Ischiasnerv

Blutzuckerspiegel kontrolliert werden, weil Diabetes die Entzündung des Ischiasnerven begünstigt.

Der Ischiasschmerz kann spontan sehr stark beginnen, sich aber auch allmählich verschlimmern. Die Symptome klingen zum Teil wieder ab, kehren dann aber oft immer wieder zurück, teils bestehen sie chronisch und werden im Lauf der Zeit heftiger. Meist betreffen sie nur ein Bein, das typisch leicht gebeugt und etwas nach außen gedreht gehalten wird. Die Wadenmuskulatur kann im Lauf der Zeit erschlaffen, der Reflex der Achillessehne ist nicht selten aufgehoben.

Husten, Niesen, Lachen und Bewegungen verschlimmern den Ischiasschmerz meist deutlich. Er strahlt über die Hüfte in den Oberschenkel aus, teils aber auch weiter in den Unterschenkel oder bis in die Zehen. Der Schmerz kann von Lähmungen begleitet werden. Im Stehen wird die Wirbelsäule instinktiv seitlich verkrümmt, um das kranke Bein vom Gewicht zu entlasten.

Ischias tritt selten aus heiterem Himmel auf, häufig gehen Hexenschüsse voraus. Wenn sie als Warnzeichen beachtet werden, lässt sich der Ischiasschmerz oft noch verhüten.

Als Komplikation bei Ischias kann schließlich ein Bandscheibenvorfall eintreten. Aber auch das lässt sich bei rechtzeitiger Therapie oft vermeiden.

Arthrose der Wirbelgelenke

Wie die größeren Gelenke im übrigen Körper können auch die kleinen Wirbelgelenke vorzeitig abgenutzt werden. Diese Arthroseform an der Wirbelsäule wird als *Spondylose* bezeichnet. Aus noch nicht geklärten Ursachen leiden Männer etwa 8-mal häufiger als Frauen daran.

Die immer chronische Krankheit führt anfangs vor allem nachts und morgens zu Rückenschmerzen, hauptsächlich im HWS- und LWS-Bereich. Im weiteren Verlauf werden die Schmerzen stärker und strahlen in andere Körpergebiete aus, die Beweglichkeit wird zunehmend behindert. Bei weit fortgeschrittener Spondylose ist die Beweglichkeit stark vermindert, starke Schmerzen bestehen jetzt dauernd. Eine Heilung der Spondylose ist auch im Frühstadium kaum möglich, aber die fachliche Therapie kann den Krankheitsverlauf hemmen.

Hauptursachen der Wirbelgelenk-Arthrose sind Entzündungen, dauernde Fehl- und Überbelastungen, als Grundursache außerdem oft Bewegungsmangel, weil sich der Gelenkknorpel nur bei regelmäßigem Training immer wieder regeneriert. Ein maßvolles, aber konsequentes Bewegungsprogramm gehört mit zu den wichtigsten Vorsorgemaßnahmen.

Entzündungen – Morbus Bechterew

Als *Spondylitis* bezeichnet man Entzündungen im Bereich der Wirbelsäule. Je nachdem, in welchem Bereich sich der entzündliche Prozess abspielt, kommt es zu Rücken- oder Kreuzschmerzen.

Bekannt sind unspezifische und spezifisch-tuberkulöse Entzündungen. Die tuberkulöse Form kann alle Wirbel betreffen. Im Lauf der Zeit werden die Wirbel keilförmig deformiert, die Bandscheiben verschmälert, zwischen den Rippen und/oder in der Leistengegend entwickeln sich oft Senkungsabszesse.

Zur unspezifischen Spondylitis kommt es bevorzugt zwischen dem 20. und 30. Lebensjahr. Viele Krankheitserreger, vor allem Eitererreger, können mit dem Blut zur Wirbelsäule gelangen. Die Infektion betrifft bevorzugt die untere Brust- und Lendenwirbelsäule. Die unbehandelte Spondylitis schreitet unaufhaltsam fort. Wirbel werden deformiert und zerstört, schließlich brechen sie zusammen, und ein Buckel entsteht. Die *Bechterew-Krankheit* betrifft aus ungeklärten Gründen überwiegend Männer. Oft beginnt die rheumatische Erkrankung bereits im 3./4. Lebensjahrzehnt. Zum Teil kommt sie im frühen oder mittleren Stadium zum Stillstand, eine Heilung ist derzeit aber noch nicht möglich.

Nicht selten verläuft sie sehr langsam und symptomarm und wird oft erst nach Jahrzehnten diagnostiziert. Ein Teil der Betroffenen gelangt allerdings mehr oder minder schnell ins Endstadium; es kann nur einige Zeit aufgehalten, aber nicht auf Dauer verhindert werden.

Die rheumatische Erkrankung betrifft die kleinen Wirbelgelenke und den Bereich zwischen den Gelenken und Wirbeln. Anfangs kommt es nur zu unklaren Symptomen, vor allem Nerven- und Fersenschmerzen, unter Umständen mit entzündlicher Darmerkrankung und/oder Entzündung der Regenbogenhaut der Augen. Später machen sich die rheumatischen Schmerzen in verschiedenen Körpergebieten bemerkbar; sie beginnen plötzlich und verschwinden rasch wieder.

Bei weiter fortgeschrittener Erkrankung kommt es zu den typischen Schmerzen im Schulter-Rücken-Bereich oder im Kreuz; häufig wird die Krankheit jetzt erst erkannt. Im Endstadium versteift, verknöchert und verkrümmt sich die Wirbel-

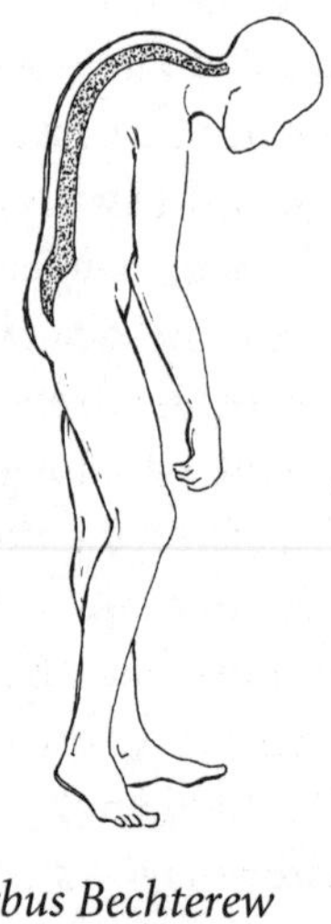

Greisenhaltung bei Morbus Bechterew

säule völlig, die Patienten nehmen die charakteristische Greisenhaltung ein (Abb. s. S. 46).

In schweren Fällen kann die Verknöcherung auch noch die Schulter- oder Hüftgelenke betreffen, die Beweglichkeit wird dann besonders stark eingeschränkt.

Osteoporose der Wirbelkörper

Mit zunehmendem Alter, wenn die Abbauvorgänge im Körper allmählich die Oberhand gewinnen, verliert auch das Knochenskelett an Substanz. Dieser normale Vorgang ist bei Osteoporose stark beschleunigt. Bisher leiden noch überwiegend Frauen daran, aber die Zahl männlicher Patienten nimmt inzwischen deutlich zu.

Als Grundursache vermutet man bei beiden Geschlechtern altersbedingte hormonelle Veränderungen (Wechseljahre). Weitere Ursachen konnten noch nicht endgültig geklärt werden. Wahrscheinlich spielt schon der Knochenaufbau in den Entwicklungsjahren der Kinder und Jugendlichen eine Rolle; »starke« Knochen besitzen mehr Substanz und entkalken deshalb langsamer. Auch Bewegung scheint enorm wichtig, denn nur bei ausreichender Beanspruchung bauen die Knochen vermehrt eigene Substanz auf; das gilt auch dann noch, wenn bereits Osteoporose besteht. Es führte zu weit, an dieser Stelle ausführlicher auf Osteoporose einzugehen. Sie muss hier erwähnt werden, weil die Schäden besonders häufig die Wirbelsäule betreffen. Im Frühstadium treten nur gelegentlich (vor allem bei Anstrengung) Rückenschmerzen auf, die bald wieder abklingen. Sie sind so unspezifisch, dass man deshalb kaum gleich an Osteoporose denken müsste. Im weiteren Verlauf werden die Wirbel deformiert und die Nervenwurzeln in den sich verengenden Zwischenwirbellöchern gereizt. Der Schmerz wird stärker und besteht schließlich dauernd. Die Nervenreizung führt überdies zur schmerzhaften Verkrampfung der Rückenmuskulatur.

Die Deformierung der Wirbel bewirkt ferner eine typische Veränderung der Körperhaltung. Die Schultern hängen vor, die Schulterblätter stehen etwas vom Brustkorb ab und die Brustwirbelsäule krümmt sich stärker nach hinten, sodass ein Rundrücken entsteht. Die damit verbundene chronische Fehlbelastung schädigt Wirbel und Bandscheiben zusätzlich.

Wenn die Schmerzen im Verlauf der Osteoporose plötzlich stark zunehmen, spricht das meist für den Einbruch eines Wirbelkörpers. Dann ist sofortige fachliche Hilfe dringend notwendig.

Verkrümmungen der Wirbelsäule

Eine Verkrümmung der Wirbelsäule führt immer zu Fehl- und Überbelastungen mit vorzeitigem Verschleiß der Wirbel und Bandscheiben. Die wichtigsten Formen sind Skoliosen zur Seite hin und die Scheuermann-Krankheit.

Seitliche Skoliosen

Bei vielen Menschen erkennt man an der Wirbelsäule leichte seitliche Verkrümmungen, die keine Beschwerden verursachen und den Betroffenen oft nicht bekannt sind. Allerdings ist nicht auszuschließen, dass auch solche Skoliosen mit zunehmendem Alter zu Wirbel-Bandscheiben-Schäden beitragen.

Davon unterscheiden sich die krankhaften Skoliosen durch stärkere seitliche Verkrümmung, die unbehandelt schon früh zum Verschleiß führt. Solche Fehlstellungen können zum Beispiel durch Wirbelfrakturen oder -entzündungen entstehen. Von größerer Bedeutung sind aber die folgenden drei Formen.

Angeborene Skoliose
durch bei der Geburt bereits vorhandene Missbildung eines oder mehrerer Wirbel, was zur seitlichen Verkrümmung führt. Naturgemäß fällt es schwer, diese angeborene Form zu beeinflussen, weil sich die Wirbelveränderungen in der Regel nicht rückgängig machen lassen. Allerdings verschlimmert sich diese Skolioseform im Lauf des Lebens auch kaum noch.

Skoliose durch unterschiedliche Beinlängen
lässt sich recht gut behandeln, wenn sie frühzeitig erkannt wird. Es ist normal, dass bei Kindern während des Wachstums die Beine unterschiedlich lang sind, aber das korrigiert sich meist von selbst. Beträgt der Längenunterschied zwischen den Beinen mehr als 2 cm, muss der weitere Verlauf fachlich überwacht werden. Unter Umständen kann ab dem 7./8. Lebensjahr eine kleine Operation das Längenwachstum des längeren Beins blockieren, bis sich das kürzere angepasst hat.

Idiopathische Skoliose
entwickelt sich aus nicht erkennbaren Gründen meist in der Pubertät, vorwiegend bei Mädchen. Diese Form der Skoliose gilt als vererbbar. Die seitliche Verbiegung der Wirbelsäule geht einher

mit Verformung der Wirbel und Rippen, Verdrehung des Brustkorbs und Verlagerung der Bauchorgane. Im Lauf der Zeit werden die Funktionen innerer Organe, vor allem Herz und Lunge, erheblich beeinträchtigt. Es handelt sich also um eine meist ernste Krankheit, die das gesamte weitere Leben belasten kann.

Die Prognose bei idiopathischer Skoliose gilt als recht günstig, wenn frühzeitig behandelt wird. Da die Betroffenen selbst die Verbiegung der Wirbelsäule (meist) erst spät bemerken, sollten die Eltern während der Pubertät vorsorglich regelmäßige fachärztliche Untersuchungen veranlassen, insbesondere dann, wenn in der Familie bereits solche Skoliosen als Erbkrankheit auftraten.

In leichteren Fällen behandelt man vor allem mit spezieller Krankengymnastik, die unbedingt nach fachlicher Anleitung eingeübt werden muss (Selbstversuche könnten den Zustand noch verschlimmern). Bei Bedarf empfiehlt sich zusätzlich ein Spezialkorsett. Allerdings gelingt es auf diese Weise kaum, die Skoliose dauerhaft zu bessern oder gar auszuheilen, nur die weitere Verschlimmerung kann aufgehalten werden. Nicht selten kommt es trotz aller Bemühungen bald zur noch schlimmeren Skoliose mit den bereits genannten Folgen für innere Organe.

Im fortgeschrittenen Stadium bleibt nur noch die chirurgische Hilfe. Dabei wird die verkrümmte Wirbelsäule wieder aufgerichtet und der am schwersten betroffene Abschnitt versteift. Das schränkt die Beweglichkeit zwar ein, ist aber unverzichtbar. Verdrehte Wirbel werden bei der Operation wieder korrekt eingerichtet, Verformungen der Wirbel und Rippen lassen sich allerdings kaum noch beheben. Die Operationsergebnisse fallen desto besser aus, je früher der Eingriff durchgeführt wird, mit leichten Restsymptomen kann man leben.

Besonders wichtig ist die konsequente Nachbehandlung, die viele Jahre oder lebenslang dauert. Sie besteht aus spezieller Gymnastik und Übungen zur gezielten Kräftigung der Rückenmuskulatur, die nach fachlicher Anweisung erlernt werden.

Erst diese konsequente Bewegungstherapie sorgt für optimale Ergebnisse nach der Operation. Die gekräftigte Muskulatur unterstützt die Wirbelsäule, gleichzeitig werden die infolge der Skoliose oft in Mitleidenschaft gezogenen Herz-Lungen-Funktionen verbessert. Das alles ist notwendig für eine normale Weiterentwicklung und gute Leistungsfähigkeit.

Scheuermann-Krankheit

Bei dieser von dem dänischen Röntgenologen Dr. Holger Scheuermann 1921 erstmals beschriebenen Erkrankung, auch als »Bäcker-/Lehrlingsrundrücken« bezeichnet, besteht eine Verformung der Wirbel vor allem im Bereich der Brustwirbelsäule. Sie beginnt meist zwischen dem 14. und 17. Lebensjahr und betrifft männliche Jugendliche viel häufiger als weibliche.

Die Grundursache besteht in einer anlagebedingten Störung der Verknöcherung der Wirbel. Da sie zu spät beginnt, verformt der Druck des Körpergewichts die Wirbel keilförmig. Hinzu kommt, dass sich Gewebe der Bandscheiben durch die Schwachstellen in die Wirbelknochen hineinpressen kann; die Zwischenwirbelscheiben werden dann immer schmaler und können ihre Funktionen nur noch bedingt erfüllen. Das zusammen führt zum typischen Scheuermann-Rundrücken, der nicht mehr rückgängig gemacht werden kann.

Die dauernde Fehlbelastung zieht naturgemäß im Lauf der

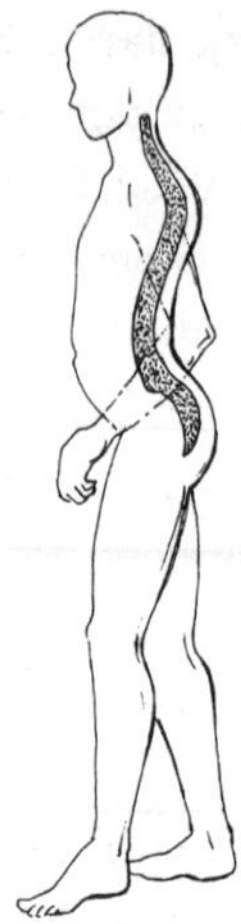

Scheuermann-Krankheit mit typischem Rundrücken und kompensatorischem Hohlkreuz

Zeit auch die Hals- und Lendenwirbelsäule in Mitleidenschaft, obwohl deren Wirbel nicht unmittelbar von der Krankheit betroffen sind.

Mit der Therapie muss so früh wie möglich begonnen werden, um den Krankheitsverlauf zum Stillstand zu bringen. Das ist deshalb so wichtig, weil sich bereits eingetretene Schäden nicht mehr zurückbilden lassen. Grundlage der Behandlung bildet die aktive Kräftigung der Rücken- und Bauchmuskulatur durch spezielle Gymnastik, die nach fachlicher Anleitung erlernt werden muss. Damit gelingt es zum Teil, einer Verschlechterung des Zustands vorzubeugen. Unter Umständen sind zunächst auch nur passive Stützmaßnahmen angezeigt, vor allem

Spezialkorsette, notfalls auch längere Lagerung in der Gipsliegeschale. Ohne anschließende aktive Bewegungstherapie bewirken die passiven Maßnahmen auf Dauer allerdings nicht viel.

Auch nach beendetem Wachstum, wenn die Wirbel nicht mehr weiter deformiert werden, muss das Gymnastik- und Sportprogramm ständig beibehalten werden. Nur unter dieser Voraussetzung gelingt es meist, die Funktionsfähigkeit der Wirbelsäule fast uneingeschränkt zu erhalten.

Verletzungen der Wirbelsäule

Verschiedene Verletzungen, angefangen bei einfacher Überlastung bis hin zur Querschnittslähmung, können Wirbelsäule und Rückenmark betreffen. Am häufigsten kommt es wohl durch falsche, ungeschickte Bewegungen, Überforderung durch zu schwere Lasten oder Stürze zu Verletzungen. Meist werden dabei lediglich die Bänder und Muskeln gezerrt, bei äußerer Gewalteinwirkung können noch Blutergüsse oder sogar offene Wunden hinzukommen. Das kann zwar zu starken Rückenschmerzen führen, hinterlässt im Allgemeinen aber keine bleibenden Schäden.

Zu den häufigsten Verletzungen im Straßenverkehr gehört das Schleudertrauma (Peitschenschlagphänomen) bei Auffahrunfällen, wenn der Kopf plötzlich zurück- und vorgeschleudert wird. Dabei wirken starke Kräfte auf die empfindliche Halswirbelsäule ein, die Hals-Nacken-Muskulatur, und die Fasern des Halsmarks werden gezerrt. Symptomatisch sind Schmerzen, Muskelschwäche, Mißempfindungen, zum Teil sogar Lähmungen der Arme. In der Regel heilt das Schleudertrauma aber folgenlos aus.

Zu erwähnen ist in diesem Zusammenhang, dass Symptome des Schleudertraumas auch dann auftreten können, wenn die Aufprallgeschwindigkeit zu niedrig war, um überhaupt eine Verletzung hervorzurufen. Endgültig erklären lässt sich das zwar nicht, aber es spricht viel dafür, dass dann psychosomatische Faktoren eine Rolle spielen.

Bei stärkerer Gewalteinwirkung auf die Wirbelsäule drohen Frakturen an Wirbelbögen, -fortsätzen, -gelenken, z. T. auch am Wirbelkörper selbst. Dann besteht die Gefahr, dass Nervenwurzeln und/oder das Rückenmark in Mitleidenschaft gezogen werden.

Schlimmstenfalls kommt es zur Querschnittslähmung, die bisher noch nicht rückgängig zu machen ist. Weltweit laufen aber Versuche, bei denen der Rückenmarkdefekt durch einen entsprechend programmierten Mikrochip ausgeglichen und die Beweglichkeit zumindest teilweise wiederhergestellt wird. Noch mehr Hoffnung wecken Experimente, bei denen das Rückenmark angeregt wird, den Defekt zu überbrücken. Für diese Behandlung muss aber die Biotechnik noch verfeinert werden. Vielleicht führt auch erst die Therapie mit den umstrittenen Stammzellen zum Durchbruch.

Bandscheibenschäden und -vorfall

Zu den häufigsten Ursachen von Rücken- und Kreuzschmerzen gehören Schädigungen der Bandscheiben. Mit zunehmendem Alter leidet praktisch jeder an einer Degeneration der elastischen Puffer zwischen den Wirbeln, aber das muss keinerlei Beschwerden verursachen. Immer wieder stehen Mediziner vor einem

Rätsel, wenn sie auf dem Röntgenbild stark degenerierte Bandscheiben erkennen, die Betroffenen aber nichts davon spüren.

Umgekehrt können aber schon geringfügige Schäden an den Zwischenwirbelscheiben zu starken Schmerzen, eingeschränkter Beweglichkeit, unter Umständen sogar Lähmungen führen. Auch dieses Phänomen lässt sich noch nicht zufrieden stellend erklären.

Mit Sorge beobachtet man, dass seit einiger Zeit immer mehr junge Menschen bereits im 2./3. Lebensjahrzehnt an Bandscheibenschäden leiden; selbst im Kindesalter werden sie mittlerweile häufiger entdeckt.

Wahrscheinlich erklärt sich der frühere Beginn von Bandscheibenschäden maßgeblich mit aus der heute üblichen Lebensweise, vor allem Bewegungsmangel, Übergewicht und falsche Ernährung, die zu wenig Aufbaustoffe zuführt.

Beim typischen Bandscheibenschaden unterscheidet man die nachstehenden 3 Stadien. Es kommt jedoch nicht zwangsläufig zum letzten Stadium, sondern kann durchaus bei einer Degeneration ohne weitere Folgen bleiben. Das hängt zum Teil mit von der frühzeitigen, richtigen Therapie ab, die zwar nicht mehr heilen, aber den weiteren Verlauf hemmen oder ganz blockieren kann.

Degeneration der Bandscheiben

Sie ist zunächst nichts weiter als ein natürlicher Alterungsprozess. Er erklärt sich vor allem daraus, dass die Bandscheiben mit zunehmendem Alter immer weniger Wasser in ihrem Gewebe binden können. Deshalb verliert der gallertige Kern der Zwischenwirbelscheiben an Elastizität und schrumpft allmählich. Zwar erfüllen die betroffenen Bandscheiben nun ihre Funktionen nicht mehr optimal, aber stärkere Beschwerden ruft die natürliche Alterung normalerweise nicht hervor. Dieser Status kann bis zum Lebensende unverändert bleiben.

Verschiedene ungünstige Einflüsse können die natürliche Alterung der Bandscheiben erheblich beschleunigen, eine krankhafte Degeneration entsteht. Hauptsächlich kommt es dazu bei häufiger/dauernder Fehl- und Überbelastung, durch Verletzungen oder Erkrankungen der Wirbelsäule. Die Bandscheiben schrumpfen und trocknen fast aus, ihre Funktionen als elastische Puffer zwischen den Wirbeln können sie kaum noch erfüllen.

Nicht selten schwinden bei der krankhaften Degeneration auch die kleinen Blutgefäße zur Versorgung der Wirbelsäule. Das führt bald zum Mangel an Aufbaustoffen, die Degeneration wird beschleunigt. Schließlich sind die mangelversorgten Bandscheiben derart verschlissen, dass ein Vorfall droht.

Im Gegensatz zum normalen Altern erzeugt die krankhafte Degeneration der Bandscheiben meist erhebliche Beschwerden. Charakteristisch sind unklare Schmerzen im Rücken/Kreuz, die sich allmählich verschlimmern und ständig bestehen. Der Schmerz wird meist als dumpf beschrieben; viele Patienten gewöhnen sich daran und versäumen die rechtzeitige Behandlung, bis oft ein akuter Bandscheibenvorfall zur Therapie zwingt.

Der Körper kann auch versuchen, den Schaden an den Bandscheiben und die Folgekrankheiten so gering wie möglich zu halten. Die betroffenen Zwischenwirbelscheiben werden dann durch Veränderungen des Gewebes verknöchert und somit wieder stabiler, das Risiko eines Bandscheibenvorfalls verringert sich.

Allerdings darf man sich nie auf diese Selbstheilungsmechanismen des Körpers verlassen. Die Verknöcherung des Bandscheibengewebes führt nämlich fast immer zur eingeschränkten Funktionsfähigkeit, während die fachliche Therapie versucht, die Funktionen so weit wie möglich zu erhalten. Das setzt freilich voraus, dass frühzeitig mit der Behandlung begonnen wird.

Vorwölbung der Bandscheibe

Sie entsteht dann, wenn der äußere Faserring um den Gallertkern rissig und spröde wird, aber noch nicht einreißt. Als Folge wölbt sich der Bandscheibenkern vor, tritt aber nicht aus. Dieser Status kann unter Umständen bis zum Lebensende andauern, wenn keine weitere Degeneration die Bandscheiben völlig zerstört und einreißen lässt.

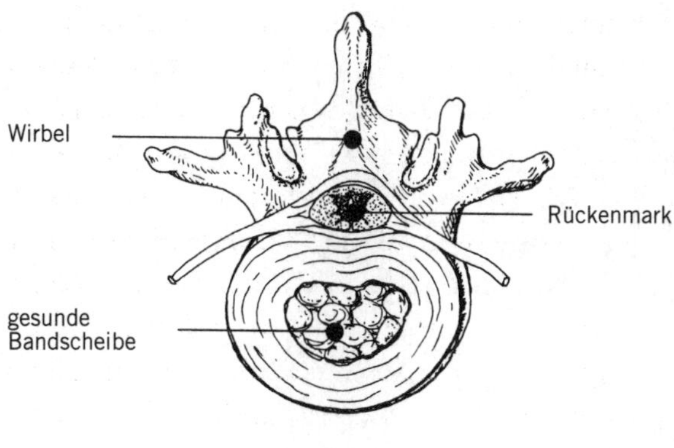

Gesunde Bandscheibe (schematisch)

Die Vorwölbung des Bandscheibenkerns übt häufig Druck auf das Rückenmark oder die nächstliegenden Nervenwurzeln aus. Meist macht sich das durch dauernde dumpfe Rückenschmerzen bemerkbar. Sie bleiben erträglich und werden nicht selten ignoriert, man hat sich daran gewöhnt.

Ohne Behandlung nimmt aber das Risiko, im weiteren Verlauf einen Bandscheibenvorfall zu erleiden, erheblich zu. Bei frühzeitiger Therapie lässt sich der Vorfall oft verhindern oder zumindest noch geraume Zeit verzögern.

Bandscheibenvorfall

Er kann sich aus einer nicht behandelten Vorwölbung entwickeln, aber auch plötzlich ohne Vorwarnung eintreten. Im Gegensatz zur bloßen Vorwölbung des Gallertkerns reißt beim

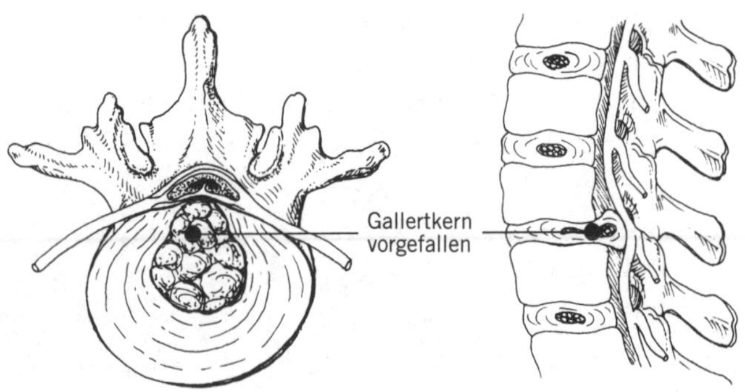

Bandscheibenvorfall

Vorfall der äußere Faserring der Bandscheibe, durch die Lücke tritt der gallertige Kern teilweise aus.

Der Vorfall führt immer dazu, dass die betroffene Bandscheibe schmaler wird und ihre Pufferfunktion nur noch unzulänglich erfüllen kann. Indirekt werden deshalb auch andere Bandscheiben und Wirbel in Mitleidenschaft gezogen.

Zu starken Schmerzen muss der Bandscheibenvorfall nicht unbedingt führen. Es kommt immer wieder vor, dass die Betroffenen lediglich mäßige Rückenschmerzen angeben, mit denen sie leben können. In solchen Fällen erkennt man im Röntgenbild meist, dass die Gallertmasse nach oben oder unten ausgetreten ist, also keinen unmittelbaren Druck auf Rückenmark und Nervenwurzeln ausübt.

Für die Patienten ist die schmerzarme Form des Vorfalls zwar angenehmer, bei genauerer Überlegung erscheint sie allerdings bedenklicher, weil der Schmerz nicht eindeutig auf die Gefährdung hinweist. Häufig wird die notwendige Untersuchung nicht veranlasst, die Degeneration schreitet weiter fort, und es kommt irgendwann zum nächsten Vorfall einer Bandscheibe, der vielleicht zur Lähmung führt.

Beim typischen Bandscheibenvorfall tritt der Gallertkern in der Mitte oder an der Seite des Faserrings aus und übt Druck auf das Rückenmark oder die Nervenwurzeln aus. Das macht sich durch starke Schmerzen bemerkbar; sie strahlen zum Teil in andere Körpergebiete aus und können Krankheiten innerer Organe vortäuschen. Unter Umständen werden die Schmerzen von Lähmungen begleitet, die vor allem Arme und Beine sowie die willentliche Kontrolle über den Harn- und/oder Stuhlabgang betreffen.

Wenn eine Lähmung besteht oder sich im Verlauf des Bandscheibenvorfalls entwickelt, ist sofortige fachärztliche Untersuchung erforderlich. In der Regel muss dann nämlich innerhalb weniger Stunden chirurgisch behandelt werden, um zu vermeiden, dass die Nervenwurzeln unheilbar zerstört werden und die Lähmung nicht mehr rückgängig zu machen ist.

Auch ohne Lähmungserscheinungen soll beim Verdacht auf einen Bandscheibenvorfall bald der Therapeut zugezogen werden. Nur er kann das Krankheitsbild zuverlässig beurteilen und die im Einzelfall notwendige Behandlung verordnen.

Beim einfachen Bandscheibenvorfall ohne Lähmungen operiert man heute nicht mehr so rasch, der Zustand lässt sich häufig auch ohne chirurgische Maßnahmen deutlich bessern oder gar normalisieren. Ohnehin sind die Erfolgsaussichten der Operation nicht so gut, dass sie routinemäßig durchgeführt werden darf. Manche Fachleute erheben den Vorwurf, dass Bandscheibenvorfälle viel zu häufig unnötig operiert werden.

Am häufigsten kommen Degenerationen, Vorwölbungen und Vorfälle der Bandscheiben an der besonders stark beanspruchten Lendenwirbelsäule vor. Die Halswirbelsäule ist ebenfalls oft betroffen, an der Brustwirbelsäule beobachtet man Bandscheibenschäden relativ selten.

Krankheiten außerhalb der Wirbelsäule

Nicht alle Schmerzzustände im Rücken und Kreuz gehen ursächlich auf Wirbel-Bandscheiben-Schädigung zurück. Es gibt verschiedene Erkrankungen außerhalb der Wirbelsäule, die eine Schädigung nur vortäuschen. Genau nachweisen lässt sich das nur durch fachliche Untersuchung, nach deren Befund sich die Therapie richtet.

Fehlstellungen der Beine

Bei den Skoliosen der Wirbelsäule wurde bereits darauf hingewiesen, dass die unterschiedliche Länge der Beine zur Verkrümmung der Wirbelsäule führen kann. Auch wenn dadurch keine ausgeprägte Skoliose entsteht, führen die ungleich langen Beine zu Fehlstellungen mit Schmerzen, später auch Wirbel-Bandscheiben-Schäden. Bei unklaren Symptomen sollte deshalb vorsorglich immer die Beinlänge überprüft und bei Bedarf zum Beispiel durch Einlagen in die Schuhe korrigiert werden.

Auch O- und X-Beine mit entsprechender Fehlstellung der Beine kommen als Ursachen von Kreuzschmerzen in Betracht. Die damit verbundene Fehlbelastung der Hüftgelenke und Beine verursacht zunächst schmerzhafte Verspannungen der Rückenmuskulatur, später drohen Schäden an den Gelenken, Wirbeln und Bandscheiben.

Im Allgemeinen erkennt auch der medizinische Laie die Fehlstellung der Beine, sodass eine frühzeitige Korrektur möglich ist. Eltern sollten mit den Kindern regelmäßig die kostenlosen Vorsorgeuntersuchungen wahrnehmen, bei denen beginnende Fehlstellungen der Beine ebenfalls erkannt werden.

Häufig verursachen Arthrosen der Hüftgelenke chronische Kreuzschmerzen und ischiasartige Symptome in den Oberschenkeln. Da diese unspezifischen Schmerzen bereits beginnen können, ehe die Arthrose spürbare Gelenkbeschwerden hervorruft, werden die Zusammenhänge oft nicht erkannt.

In unklaren Fällen ist es angebracht, vorsorglich die Funktionen der Hüftgelenke zu prüfen, damit eine beginnende Arthrose frühzeitig behandelt werden kann. Nur die ursächliche

Therapie der Gelenkschäden kann die davon ausgehenden Kreuzschmerzen dauerhaft bessern oder ausheilen.

Schließlich können auch noch die Füße für Kreuzschmerzen verantwortlich sein, wenn sie durch Fehlstellung die Muskulatur chronisch überlasten und verspannen. Besonders häufig kommt es dazu durch falsches Schuhwerk (s. S. 30), zum Teil aber auch bei Deformierung der Füße oder Arthrose der Fußgelenke.

Die Ursachen müssen frühzeitig korrigiert werden, denn im Lauf der Zeit kann es zu Wirbel-Bandscheiben-Schäden kommen. Oft helfen stützende und stoßdämpfende Einlagen in den Schuhen, die beim Gehen und Stehen die Wirbelsäule entlasten.

Nierenleiden

Die anatomische Lage der Nieren nahe bei der Wirbelsäule macht auf Anhieb verständlich, dass Erkrankungen des Ausscheidungssystems, nicht selten auch der Prostata, von Kreuzschmerzen begleitet werden. In leichten Fällen, wenn keine eindeutigen Symptome auf die Nierenkrankheit hinweisen, wird häufig (vor allem bei Selbsthilfe des Patienten) längere Zeit gegen die vermeintlichen Kreuzschmerzen behandelt.

Das kann fatale Folgen nach sich ziehen, weil sich die Erkrankung der Ausscheidungsorgane in dieser Zeit oft erheblich verschlimmert, unter Umständen sogar die Nieren versagen. Hinzu kommt, dass die Schmerzmittel, die häufig gegen Kreuzschmerzen verabreicht werden, die Nieren zusätzlich schädigen können, insbesondere natürlich bei längerem Gebrauch.

Wenn unklare Schmerzzustände im Kreuz länger als 3 Tage

anhalten und auf die übliche Therapie mit Schmerzmitteln und/oder Einreibungen nicht deutlich gebessert werden, besteht der Verdacht auf eine Erkrankung des Ausscheidungssystems (oder anderer innerer Organe). Zur genauen Diagnose und gezielten Therapie muss bald fachliche Hilfe gesucht werden. Zum Teil ergibt sich schon aus der Art der Kreuzschmerzen ein erster Verdacht auf eine Erkrankung der Ausscheidungsorgane. Viele Patienten geben zum Beispiel an, dass der Kreuzschmerz bei Nierenleiden mehr in der Tiefe und dumpfer empfunden wird. Oft strahlt er in die Lendengegend und in den Unterbauch aus, teilweise bis in die Leistengegend, Hoden oder Oberschenkel.

Bei einer Nierenkolik, die zu den schwersten Schmerzen gehört, die ein Mensch erleiden muss, strahlt der Schmerz vor allem in die Region um die Lendenwirbelsäule aus und verspannt überdies meist die Lendenmuskulatur. Die Schmerzen, die von den Harnleitern ausgehen, strahlen nach oben in den Rücken bis unter die Schulterblätter aus.

Das alles sind aber lediglich erste Hinweise auf eine mögliche Erkrankung des Ausscheidungssystems. Erst die gründliche fachliche Untersuchung klärt den Verdacht zuverlässig ab. Nach dem Befund richtet sich die weitere Therapie.

Krankheiten der Bauchorgane

Die Erkrankungen des Ausscheidungssystems führen zwar besonders häufig zu Kreuzschmerzen, aber auch von anderen Bauchorganen können Schmerzen in Kreuz und Rücken ausstrahlen. Das erklärt sich zum Teil aus den Reflexzonen, die mit den Organen in Beziehung stehen. Wenn ein inneres Organ erkrankt, treten auch Schmerzen, schmerzhafte Muskelverspannungen und Druckempfindlichkeit in den zugehörigen Reflexzonen an Kreuz und Rücken auf.

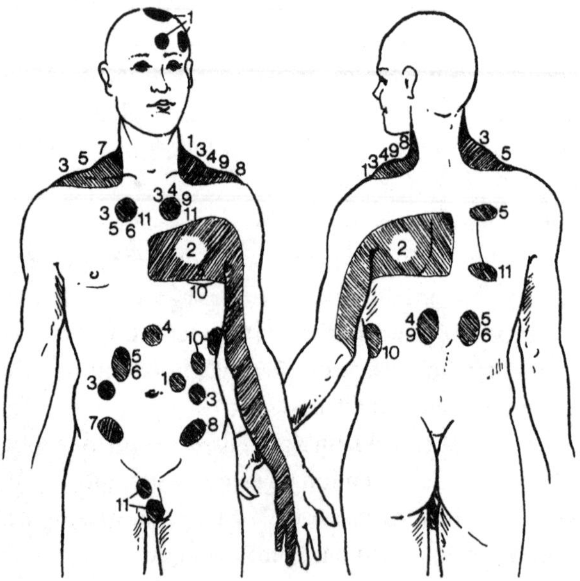

1 Herz
2 Herzkranzgefäße / Aorta
3 Lunge / Rippenfell
4 Magen
5 Leber / Galle
6 Zwölffingerdarm
7 Wurmfortsatz
8 S-förmiger Dickdarm
9 Bauchspeicheldrüse
10 Milz
11 Nieren / Harnleiter

Reflexzonen innerer Organe

Umgekehrt ist es möglich, durch Behandlung der Reflexzonen (wie Massage, Wärme, Kälte) indirekt auf das kranke Organ einzuwirken. Die Reflexzonentherapie leitet dann über das Nervensystem heilende Reize zu dem Organ, die beispielsweise dessen Funktionsfähigkeit verbessern.

Von den Bauchorganen strahlen vor allem Bauchspeicheldrüse, Gallenblase und -wege, zum Teil auch Magen und Darm, in die Reflexzonen am Rücken aus. Die nebenstehende Abbildung zeigt die Reflexzonen am Rücken, die mit den verschiedenen Organen in Beziehung stehen. Eine zuverlässige Unterscheidung zwischen »echten« Kreuz-/Rückenschmerzen und Ausstrahlung der Bauchorgane in die Reflexzonen ist nur dem Therapeuten möglich. Er verordnet bei Bedarf auch die Reflexzonentherapie, die sich nicht zur Selbsthilfe eignet. Deshalb erübrigt sich hier eine genauere Darstellung.

Viel zu wenig beachtet wird, dass die krankhafte Verengung der Beckenarterien (meist durch Arteriosklerose) schon im frühen Stadium zu dumpfen Kreuzschmerzen führen kann. Sie bleiben auch im Sitzen und Liegen spürbar, verschlimmern sich aber durch Stehen und Gehen.

Bei unklaren Kreuzschmerzen muss also auch an eine arterielle Verschlußkrankheit gedacht werden. Klarheit schafft wieder nur die fachliche Untersuchung, die unter anderem die betroffenen Gefäße mithilfe eines Kontrastmittels im Röntgenbild darstellt.

Wenn die Kreuzschmerzen zur frühen Diagnose der Arteriosklerose beitragen, lässt sich der weitere Verschluss der Beckenarterien oft hemmen; zum Teil können die Gefäße auch aufgedehnt, durch ein Transplantat ersetzt oder durch ein anderes Gefäß (Bypass) umgangen werden.

Kreuzschmerzen im Menstruationszyklus

Bei Frauen, die an unklaren Schmerzen im unteren Rücken leiden, muss immer untersucht werden, ob es sich um ausstrahlende Schmerzen der Geschlechtsorgane handelt.

Weit verbreitet sind die Kreuzschmerzen, die in Beziehung mit dem Menstruationszyklus auftreten. Häufig erklären sie sich aus den hormonellen Veränderungen während des Zyklus, die das Bindegewebe, die Muskulatur und die Gelenkverbindungen im Bereich des Beckens verändern.

Bei der Mehrzahl der betroffenen Frauen sind diese Kreuzschmerzen zwar unangenehm bis quälend, aber ohne krankhafte Bedeutung, sie verschwinden von selbst wieder. Die Zeit bis dahin kann durch Entspannung, positive Selbstbeeinflussung und leichte Schmerzmittel (wie ASS) überbrückt werden.

Auch bei den scheinbar bedeutungslosen Kreuzschmerzen im Zyklus der Frau soll bald eine gynäkologische Untersuchung stattfinden. Nur der Facharzt kann sicher diagnostizieren, ob tatsächlich harmlose Schmerzen bestehen oder eine Krankheit dahinter steht.

Natürlich wird die fachärztliche Untersuchung auch dann notwendig, wenn Kreuzschmerzen unabhängig vom Menstruationszyklus bestehen, längere Zeit oder chronisch andauern oder häufig wiederkehren. Zu den häufigsten Ursachen solcher Schmerzzustände gehören neben hormonellen Veränderungen vor allem noch Entzündungen des Gewebes um die Gebärmutter, Senkung der Gebärmutter und/oder anderer Bauch- und Unterleibsorgane, im schlimmsten Fall ein bösartiger Tumor (wie Eierstockkrebs) an den inneren Geschlechtsorganen.

Die Schmerzen, die mit gynäkologischen Ursachen in Zusammenhang stehen, werden von den betroffenen Frauen meist als dumpf und in der Tiefe sitzend beschrieben. Meist kann nicht genau lokalisiert werden, wo der Schmerz sitzt. Erst durch fachliche Untersuchung können die Ursachen genau abgeklärt werden. Sobald die ursächliche gynäkologische Krankheit ausgeheilt wurde, verschwinden ohne zusätzliche Behandlung auch die Kreuzschmerzen.

Schwangerschaft, Geburt und die Zeit danach sind natürlich keine Krankheiten. Kreuzschmerzen im Zusammenhang damit treten trotzdem relativ häufig auf. Vor der Geburt erklären sie sich hauptsächlich aus der statisch ungünstigen Belastung der Wirbelsäule durch das Kind, hinzu kommt die Überdehnung der Bauchmuskulatur, die ihre Haltefunktionen für die Wirbelsäule nur noch unzulänglich erfüllen kann. Nach der Geburt kann es Monate bis Jahre dauern, ehe die überdehnte Bauchmuskulatur sich wieder strafft. Deshalb leiden viele junge Mütter in dieser Zeit, unter Umständen sogar jahrelang, an chronischen Kreuzschmerzen. Zum Teil werden dagegen orthopädische Leibbinden empfohlen, die allerdings die Bauchmuskulatur noch stärker schwächen können, weil sie den Muskeln die Arbeit abnehmen. So kann sich die Muskulatur aber nicht vollständig regenerieren, wenn die Leibbinde nicht mehr angelegt wird, kehrt der alte Zustand meist bald zurück. Sinnvoll kann eine solche Leibbinde nur vorübergehend sein, auf längere Sicht ist das aktive Training der Bauchmuskulatur und natürlich auch der Rückenmuskulatur unverzichtbar, um bleibende Schäden mit Schmerzen zu verhüten.

Während der Schwangerschaft sorgt die spezielle Gymnastik, die unter fachlicher Aufsicht korrekt erlernt werden muss, für die Vermeidung der ausgeprägten Muskelschwäche. Nach der

Geburt ist die spezifische Rückbildungsgymnastik erforderlich, die auf natürliche Weise zuverlässig die schlaffen Bauchdecken und die Muskulatur des Rückens trainiert, was vor dauernden Schäden bewahrt.

Viele Frauen nehmen zwar die Schwangerschaftsgymnastik in Anspruch, um sich auf die Geburt vorzubereiten, »vergessen« aber oft die Nachbehandlung durch konsequentes Training. Nur wenn auch nach der Geburt noch trainiert wird, kräftigen sich die strapazierten Muskeln allmählich, den Kreuzschmerzen wird so die Grundlage entzogen. Orthopädische Leibbinden können dabei nur vorübergehend helfen, bis die Muskulatur wieder ausreichend gestrafft und voll funktionsfähig ist.

Schmerzmittel gegen die Beschwerden im Kreuz dürfen während der Schwangerschaft und Stillzeit nie zur Selbsthilfe verwendet werden, für die Verordnung ist ausschließlich der betreuende Gynäkologe zuständig. Er kann beurteilen, ob Schmerzmittel während der Schwangerschaft ein Risiko für Mutter und Kind darstellen (z. B. ASS wegen der Einwirkung auf die Blutgerinnung), und dementsprechend gezielt behandeln.

Der Rücken – »Wetterecke« der Psyche

Die Zusammenhänge zwischen körperlichen Funktionen und Seelenleben stehen heute außer Zweifel. Allerdings tun sich Mediziner wie Patienten oft immer noch schwer damit, diese körperlich-seelischen Wechselbeziehungen in der Praxis zu beachten.

Die Mehrzahl der Ärzte verfügt weder über eine fundierte Ausbildung noch über genügend Zeit, um nach den seelischen

Ursachen einer Krankheit zu forschen. Zum Teil erkundigen sie sich zwar nach dem seelischen Befinden der Patienten, in die Therapie findet das aber allenfalls durch Verordnung von Psychopharmaka* Eingang.

Die Mehrzahl der Patienten ist zufrieden damit, dass der Arzt nicht genauer nach den psychischen Faktoren einer körperlichen Erkrankung forscht. Das Rezept mit den bequemen Arzneimitteln erspart ihnen die Auseinandersetzung mit ihrem Seelenleben, den Konflikten, Problemen und Frustrationen, deren Wurzeln oft bis in die frühe Kindheit zurückreichen. Das ist zwar verständlich, weil Einsichten in das eigene Seelenleben quälend sein können und oftmals eine längere Psychotherapie erfordern, hilfreich und sinnvoll ist die ständige Verdrängung auf Dauer aber nicht.

Abgesehen davon entlastet die Verordnung von Medikamenten die Betroffenen vom häufigen Vorurteil der Mitwelt, sie seien nur »eingebildete Kranke«, die ihr Leben nicht im Griff haben. Das Arzneimittel bestätigt gleichsam, dass eine »echte« Krankheit vorliegt und dem Patienten deshalb ein Anspruch auf Rücksichtnahme, Zuwendung und Fürsorge zusteht. Der Rücken gehört zu den bevorzugten Körperregionen, in die psychische Vorgänge projiziert werden. Man kann nahezu immer davon ausgehen, dass seelische Faktoren bei chronischen Rückenschmerzen eine Rolle spielen. Diese Zusammenhänge kommen auch in vielen volkstümlichen Redensarten zum Ausdruck, man denke an »Haltung bewahren«, »katzbuckeln«, »sich auf etwas

* Alternativen zu chemischen Psychopharmaka zeigt das Buch »Sanfte Hilfen für die Seele« von Gerhard Leibold auf.

versteifen«, »aufrecht durchs Leben gehen«, jemand »den Rücken stärken« oder »das Rückgrat brechen«. Hinter solchen Sprüchen steckt viel Lebenserfahrung, eine Art praktische Psychologie des Alltags, die lange vor der modernen psychosomatischen Medizin das Wechselspiel zwischen Körper und Seelenleben erkannte.

Unklare psychosomatische Schmerzen

Stress, Hektik und Reizüberflutung des modernen Alltags beherrschen heute unser Leben. Jeder trägt an seinen persönlichen Sorgen, Problemen, Konflikten und Frustrationen, im Beruf wächst oft der Verantwortungsdruck, unsere Gesellschaft befindet sich in einem Wandel, bei dem viele traditionelle Werte ihre Bedeutung als Orientierungsmaßstäbe verlieren und Rollenverhalten (z. B. von Frau und Mann) neu eingeübt werden muss.

Hinzu kommen dann noch Katastrophen-, Terror- und Kriegsnachrichten aus den entlegensten Winkeln der Erde, mit denen die Medien symbolischen Stress auf uns ausüben, und nicht zuletzt die wachsende Flut an Informationen, die nicht mehr alle verarbeitet und genutzt werden können, aber Entscheidungen erschweren.

> Kurzum: Wir alle stehen mehr oder minder stark unter verschiedenen chronischen Belastungen, die zur inneren Anspannung führen.

Das Grundproblem besteht allerdings nicht so sehr in den Belastungen selbst, sondern in den einfachen körperlichen und seelisch-geistigen Reaktionen, mit denen die Evolution uns vor vielen Jahrtausenden ausgestattet hat. Sie mobilisieren hauptsächlich Energie für Kampf- oder Fluchtreaktionen bei Belastungen. Diese Reaktionen sind aber der heutigen Beanspruchung nicht länger angemessen, die mobilisierte Energie kann nicht mehr sinnvoll für den Abbau der Belastungen verbraucht werden. Deshalb werden sie chronisch und verhindern bei vielen Menschen Entspannung und Abschalten vom Alltag.

Darüber hinaus gefährden die mobilisierten, aber nicht verbrauchten Energien die Gesundheit, beispielsweise durch Anstieg von Blutdruck, Herzfrequenz, Blutfett- und Blutzuckerspiegel.

Zu den häufigsten Folgen chronischer Belastungen und innerer Anspannung gehören Schmerzen. Am häufigsten kommt wohl der Spannungskopfschmerz vor, weit verbreitet sind aber auch die schmerzhaften Verspannungen der Muskulatur vom Nacken bis hinab zum Kreuz. Anfangs handelt es sich dabei »nur« um funktionelle Störungen, die im Lauf der Zeit jedoch »echte« körperliche Störungen hervorrufen, z. B. Wirbel-Bandscheiben-Schäden.

Die diagnostische Unterscheidung zwischen körperlichen und psychosomatisch-funktionellen Schmerzen im Bereich der Wirbelsäule fällt auch dem erfahrenen Therapeuten meist schwer. Die Patienten erleben den Schmerz aus seelischer Ursache ebenso wie den bei körperlichen Schäden, nicht selten werden die Schmerzen durch funktionelle Störungen sogar stärker als bei körperlichen Schäden erlebt. Es gibt aber einige Anhaltspunkte, die den Verdacht auf psychosomatische Einflüsse begründen. Dazu gehören insbesondere die folgenden:

- Umfangreiche und sehr gründliche Untersuchungen führen zu keinem eindeutigen Befund, der die oft sehr starken Schmerzzustände auch nur annähernd erklären könnte.
- Ansonsten bewährte Arzneimittel und andere Heilverfahren (wie Massagen) helfen bei funktionell-psychosomatischen Schmerzen im Allgemeinen nicht zufrieden stellend.
- Seelisch-geistige Belastungen verschlimmern fast immer die Schmerzen, während Ruhe und Entspannung sie häufig (nicht immer) für einige Zeit lindern.
- Die Schmerzen wechseln häufiger ihre charakteristischen Eigenschaften, werden zum Beispiel intensiver oder schwächer, sind in einem anderen Bereich der Wirbelsäule spürbar und/oder werden plötzlich anders erlebt (etwa dumpf statt schneidend).
- Viele der Betroffenen sind überhaupt nicht mehr in der Lage, vom Alltag abzuschalten, sich gehen zu lassen, Entspannung und Erholung zu finden; deshalb wirken diese Menschen dauernd unruhig bis hektisch, gereizt bis aggressiv und leiden an chronischen Schlafstörungen.
- Neben den Symptomen im Wirbelsäulenbereich bestehen unklare Beschwerden oft noch in anderen Organen und Körpergebieten, häufig zum Beispiel im Magen-Darm- und Herz-Kreislauf-System.
- Oftmals treten neben den Schmerzen an der Wirbelsäule noch andere psychosomatische Beschwerden auf, z. B. Spannungskopfschmerzen, schwankender Blutdruck, allgemeine Nervosität, Schlafstörungen und verminderte geistig-psychische Leistungsfähigkeit.

- Die Patienten wehren sich oft vehement gegen die Diagnose einer psychosomatischen Krankheit; viele wechseln eher den Arzt, als sich mit seelischen Einflüssen auseinander zu setzen.

Daneben gibt es noch viele individuelle Besonderheiten, auf die hier nicht mehr eingegangen werden kann. Eine zuverlässige Beurteilung ist ohnehin nur dem Therapeuten möglich. Den Patienten selbst sind innere Spannungen, Konflikte, Probleme und Frustrationen meist nicht mehr bewusst; sie wurden verdrängt, um den psychischen Schmerz zu vermeiden. Da Verdrängung aber nie eine dauerhafte Lösung darstellt, wird der Schmerz unbewusst auf den Körper übertragen, der auf seine Weise die psychischen Ursachen zum Ausdruck bringt.

Grundsätzlich sollen psychosomatische Schmerzzustände als Signale des Seelenlebens beachtet werden. Es gilt, die Ursachen dahinter zu ergründen, was zum Teil nur mit fachlicher Hilfe gelingt. Wenn auf diese Weise die verdrängten psychischen Inhalte wieder bewusst werden, lassen sie sich nachträglich verarbeiten. Das erfordert oft ebenfalls fachliche Anleitung.

Nach der Verarbeitung der seelischen Inhalte entfallen die Ursachen psychosomatischer Schmerzen, sie können ohne weitere Therapie dauerhaft beseitigt werden.

Mindestens ebenso wichtig ist aber, dass die Verarbeitung verdrängter schmerzlicher Erfahrungen zur Stärkung und Reifung der Persönlichkeit beiträgt. Das gibt dem Leben nicht selten eine positive Wende und bietet künftig einigen Schutz vor erneuten psychosomatischen Schmerzen.

Es ist heute möglich, auch als Kassenpatient einen Psychotherapeuten ohne Überweisung durch den Arzt zu konsultieren. Wenn der Mediziner also hartnäckig die psychosomatische Komponente der Schmerzen ignoriert, erscheint es meist sinnvoll, selbst einen Therapeuten zu suchen, der über eine Zulassung bei der Krankenkasse verfügt. Oder man erkundigt sich gleich bei der Kasse nach dort zugelassenen Therapeuten, dann kann die Kostenfrage auch gleich verbindlich abgeklärt werden.

Chronische Verspannungen der Muskulatur

Der Schmerz im Rücken geht nicht selten nur von Verspannungen der Muskulatur aus, zumindest sind die Rücken- und Bauchmuskeln fast immer mit daran beteiligt. Zu solchen Verspannungen kommt es zum Beispiel durch falsche Körperhaltung oder durch Reizungen der Nervenwurzeln in den verengten Zwischenwirbellöchern.

Als Grundursache können solche organischen Schäden auch bei seelisch bedingten Muskelverspannungen vorliegen. Psychische Reaktionen betreffen nämlich vorwiegend Körperregionen und Organe, die bereits vorgeschädigt sind und deshalb den seelischen Einflüssen geringeren Widerstand entgegensetzen.

Das bedeutet auf die Muskelverspannungen übertragen, dass sich die Muskulatur zunächst aus den oben genannten körperlichen Ursachen verkrampft und damit anfälliger für seelische Einflüsse wird. Die Psyche verschlimmert dann die bereits vorhandenen Verspannungen und damit verbundene Schmerzen.

Aus der Sicht der modernen Körperpsychotherapien (wie Bioenergetik) verbergen sich hinter chronischen Muskelverspannungen oft Gefühle. Alle unsere Emotionen aktivieren die Bioenergie (eine Art Lebensenergie) und führen zur Anspannung. Dieser Spannungszustand wird wieder abgebaut, wenn die Gefühle angenommen und erwidert werden. Die nachfolgende Entspannung wird als Befriedigung erlebt.

Bei diesem regulären Ablauf emotionaler Vorgänge bedeutet die Bioenergie keine Gefährdung, die Anspannung der Muskulatur löst sich von selbst (häufig lustvoll erlebt).

Ganz anders verhält es sich, wenn Emotionen unterdrückt oder nicht befriedigt werden. Bei solchen frustrierenden Ereignissen wird die Bioenergie nicht verbraucht und die emotionale Anspannung nicht abgebaut. Die unbefriedigten Emotionen werden meist verdrängt und gleichsam in der Muskulatur »eingefroren«. Dann sind sie zwar nicht mehr bewusst, halten aber die Anspannung der Muskulatur aufrecht. Das führt zu chronischen Verspannungen, Verhärtungen und Schmerzen.

Aus praktischer Erfahrung ist inzwischen bekannt, dass Muskelverspannungen im Nacken-Schulter-Bereich häufig durch verdrängte Aggressionen und Ängste entstehen. Im Rücken und Kreuz können sich alle anderen Emotionen mit chronischen Verspannungen bemerkbar machen.

Als Folgen treten neben den Schmerzen in der verkrampften Muskulatur vor allem noch Fehlhaltungen auf. Bei chronischem Verlauf drohen schließlich Schäden an den Wirbeln und Bandscheiben bis hin zum Vorfall einer Bandscheibe. Derartige Schäden lassen sich häufig nicht mehr ausheilen, sondern allenfalls lindern.

Der beste Schutz vor emotional bedingten muskulären Verkrampfungen besteht also darin, auch Frustrationen anzunehmen und aktiv zu verarbeiten, ehe sie schädlich wirken. Wer das nicht aus eigener Kraft schafft, sollte einen Psychotherapeuten zuziehen.

> Die Enttäuschung von Gefühlen, die Versagung ihrer Befriedigung lässt sich nicht vermeiden. Solche Frustrationen gehören zum Leben, wir können und müssen sie ertragen. Zum Problem werden sie erst, wenn man sie unverarbeitet ins Unbewusste verdrängt. Erst dann »gefrieren« sie in der Muskulatur, erzeugen Verspannungen und Schmerzen.

Bestehen bereits in Muskelverspannungen »eingefrorene« Emotionen, helfen die modernen Körperpsychotherapien oft am besten und schnellsten. Im Gegensatz zur klassischen Psychotherapie arbeitet man bei diesen Behandlungsmethoden an den Verhärtungen der Muskulatur, z. B. durch Massagen und Bewegungsübungen. Ergänzt wird diese Arbeit am Körper durch analytische Aufarbeitung der psychischen Faktoren. Die Kombination von Körperarbeit und Analyse bietet vor allem den Vorzug, dass sie in der Regel wesentlich schneller helfen kann.

Haltungsfehler und Seelenleben

Haltung betrifft nicht nur den Körper, das Wort wird auch für die innere Haltung eines Menschen gebraucht. Unter anderem kommen darin Grundeinstellungen zum Leben, Meinungen, Überzeugungen und Beziehungen zu anderen zum Ausdruck. Zu all dem nimmt man eine individuelle Haltung ein, die wiederum die körperliche Haltung beeinflusst.

Es erfordert psychologische Kenntnisse und Erfahrung, um aus der Haltung eines Menschen zuverlässige Rückschlüsse auf das Seelenleben zu ziehen. Wer darüber nicht verfügt, gelangt eher zu Vorurteilen, die dem anderen nicht gerecht werden. Allerdings erfassen viele Menschen intuitiv zumindest ungefähr, was eine Körperhaltung signalisiert, denn die Haltung gehört zu den nonverbalen Formen der Kommunikation.

An dieser Stelle sollen keine »Deutungen« der verschiedenen Haltungen angegeben werden. Einige Beispiele mögen genügen, um zu verdeutlichen, was die Haltung aussagen kann.

Auf Anhieb leuchtet zum Beispiel ein, dass eine gebeugte Haltung häufig Unsicherheit und Angst ausdrückt. Das gilt insbesondere bei geduckter Halswirbelsäule, die symbolisch anzeigt, dass der Betroffene den Kopf einzieht, um nicht aufzufallen. Gebeugte Haltung kann allerdings auch Überforderung darstellen, wenn aufgebürdete Lasten so groß sind, dass sie den Rücken beugen.

Eine aufrechte Haltung wird intuitiv oft als Zeichen innerer Sicherheit bewertet. Das kann zutreffen, aber es ist auch möglich, dass diese Haltung nur vorgespielt wird, um Unsicherheit zu verbergen. Zum Teil stellen Menschen auf diese Weise ihre »aufrechte Gesinnung« dar, was aber auch wieder vorgetäuscht sein kann.

Wenn bei betont aufrechter Haltung die Rückenmuskulatur verspannt und verhärtet ist, erkennt man daran zum Beispiel den Widerstand gegen Ansprüche der Mitwelt. Der Rücken wird gleichsam »steif gemacht«, damit man sich gegen unzumutbar empfundene Anforderungen wehren kann. Teilweise erkennt man in dieser Haltung einen »unbeugsamen Charakter«; das klingt nur vordergründig positiv, häufig zeichnen sich solche Menschen durch Intoleranz, Sturheit, mangelnde Anpassungsbereitschaft und -fähigkeit aus.

Diese wenigen Beispiele zeigen zum einen, wie vielfältig die aus der Haltung abgeleiteten Rückschlüsse auf Persönlichkeit und Charakter sein können. Zum anderen demonstrieren sie, dass ein und dieselbe Haltung bei mehreren Menschen unterschiedliche Bedeutung haben kann. Deshalb ist es stets erforderlich, im Einzelfall zu ergründen, was die Haltung ausdrücken soll. Wenn seelische Einflüsse zu Fehlhaltungen führen, wirkt sich das im Grunde ebenso ungünstig aus wie falsche Haltungen, die man zum Beispiel bei der Arbeit einnimmt. Zunächst treten schmerzhafte Verspannungen der Muskulatur auf, im Lauf der Zeit können Wirbel und Bandscheiben geschädigt werden. Oft gelingt es nicht, diese Schäden auf Dauer zu vermeiden, wenn nur in der üblichen Weise körperlich behandelt wird. Notwendig ist vielmehr die Einsicht in die seelischen Wurzeln der Fehlhaltungen, die mit einem Therapeuten erarbeitet werden kann. Erst wenn die psychosomatischen Faktoren beseitigt wurden, können sich Bandscheiben, Wirbel und Muskulatur regenerieren.

In weiter fortgeschrittenen Fällen ist keine vollständige Heilung mehr möglich. Dann gilt bereits die Linderung der Symptomatik und Hemmung des weiteren Krankheitsverlaufs als therapeutischer Erfolg.

Genaue Diagnose ist oft schwierig

Rückenschmerzen entstehen aus unterschiedlichen Ursachen, wie bereits dargestellt wurde. Bei so vieldeutigen Symptomen fällt es nicht leicht, rasch eine eindeutige Diagnose zu stellen, insbesondere psychosomatische Einflüsse werden häufig überhaupt noch nicht beachtet. Ein zuverlässiger Befund ist aber unentbehrlich für die ursächliche Therapie.

Objektiver Befund – subjektives Befinden

Schmerzen werden individuell sehr unterschiedlich erlebt. Einer leidet schon erheblich unter relativ leichten Beschwerden, ein anderer erträgt auch starke Schmerzen fast klaglos. Es führte zu weit, hier auf die Ursachen der unterschiedlichen Schmerzempfindung genauer einzugehen. Vermutlich steht sie teilweise mit Erbanlagen in Beziehung, ferner kommt es darauf an, wie Schmerz aufgrund von Erziehung und kulturellen Einflüssen persönlich erlebt wird.

Bei Rückenschmerzen bestehen häufig gravierende Unterschiede zwischen objektivem Befund der Untersuchungen und subjektivem Befinden des Patienten. Wir wiesen bereits darauf hin, dass selbst ausgeprägte Wirbel-Bandscheiben-Schäden bei einem Teil der Betroffenen kaum Beschwerden verursachen, andere hingegen unter starken Schmerzen leiden, obwohl objektiv geringere Schäden vorliegen. Teilweise lässt sich das sicher aus psychosomatischen Einflüssen erklären; ob und welche anderen Faktoren noch hinzukommen, lässt sich noch nicht genau beantworten. Bei vielen Erkrankungen gibt die Intensität der Beschwerden recht zuverlässig an, wie weit sie bereits fortgeschritten sind. Vereinfacht gesagt: Je stärker die Beschwerden, desto schwerer die Krankheit. Das kommt natürlich auch bei Rückenschmerzen vor, aber man kann sich hier weniger darauf verlassen.

Deshalb müssen zuerst verschiedene Untersuchungen durchgeführt werden, ehe genau beurteilt werden kann, wie ausgeprägt das Krankheitsbild tatsächlich ist. Unter Umständen verzögert das die Behandlung nicht unerheblich.

Es wäre aber grundfalsch, dem Therapeuten starke Beschwerden zu verschweigen, um nicht als »eingebildeter Kranker« zu gelten. Abgesehen davon, dass kein vernünftiger Mediziner einen Patienten so bezeichnen wird, muss er schon wissen, wie schwer die Symptome auftreten, denn zum Teil hängt die Behandlung mit davon ab.

Übliche Untersuchungen

Rückenschmerzen entstehen unter Umständen durch Ursachen außerhalb der Wirbelsäule, etwa ausstrahlende Erkrankungen innerer Organe. Die durchzuführenden Untersuchungen richten sich deshalb auch danach, ob und welche anderen Symptome noch bestehen.

Es ist wichtig, dem Therapeuten auch scheinbar nebensächliche Symptome zu nennen, auch wenn sie in keinem erkennbaren Zusammenhang mit den Rückenschmerzen stehen. Der Fachmann kann nämlich auch daraus Rückschlüsse auf mögliche Ursachen ziehen und gleich gezielter untersuchen.

Es führte zu weit, hier alle denkbaren Untersuchungen anzuführen, z. B. der Nieren oder Unterleibsorgane. Wenn kein Verdacht auf eine solche Krankheit besteht, geht man grundsätzlich davon aus, dass die Rückenschmerzen von der Wirbelsäule ausgehen, und untersucht dementsprechend.

Zu den wichtigsten Untersuchungen, die am Anfang stehen, gehören Inspektion und Funktionsprüfung. Bei der Inspektion beurteilt der Therapeut, was er von außen an der Wirbelsäule wahrnehmen kann, vor allem Verkrümmungen nach vorne, hinten und zur Seite oder abnorm verlagerte Wirbel. Daraus ergeben sich meist Ansätze für gezielte weitere Untersuchungen.

Die Funktionsprüfung untersucht, ob die betroffenen Anteile des Skeletts in ihren Aufgaben eingeschränkt sind. Hauptsächlich wird die Beweglichkeit der Wirbelsäule und ihrer Gelenke sowie des Beckens überprüft. Daraus gewinnt der Therapeut vor allem Hinweise auf Schwere und Lokalisation der Wirbel-Bandscheiben-Schäden.

Nach dieser klassischen Untersuchung wird es meist erforderlich, festgestellte Schäden genauer abzuklären. Dabei helfen vor allem die Röntgenuntersuchungen. Schon im normalen Röntgenbild werden die Schäden meist sichtbar. Bei Bedarf können besondere Formen der apparativen Diagnostik angewendet werden, z. B. die Computertomografie (kurz CT), die mithilfe eines Rechners eine sehr genaue und anschauliche Darstellung der Wirbelsäule und ihrer Bandscheiben ermöglicht.

Teilweise werden auch noch labordiagnostische Verfahren durchgeführt. Vor allem beim Verdacht auf rheumatische Erkrankungen kann die Labordiagnostik sinnvoll sein. Unter anderem gibt sie Aufschluss über entzündliche Erkrankungen des Skeletts, Rheumafaktoren (nur bei einem Teil der Patienten nachweisbar) und den Mineralstoffwechsel, der beim Verdacht auf Mangelzustände und Osteoporose überprüft werden muss.

Im weiteren Sinn gehört auch noch die Untersuchung der Reflexzonen am Rücken (s. S. 63 f.) zur Diagnostik. Dabei geht es allerdings nicht um Erkrankungen der Wirbelsäule, sondern um solche innerer Organe (wie Gallenblase, Magen), die in den Rücken ausstrahlen und Wirbel-Bandscheiben-Schäden vortäuschen. Das muss sorgfältig gegeneinander abgegrenzt werden, ehe eine ursächliche Therapie möglich wird. Im Einzelfall können noch weitere Untersuchungen angebracht sein, das entscheidet der Therapeut. Es führte zu weit, darauf an dieser Stelle noch einzugehen.

Rückenschmerzen ganzheitlich behandeln

Im ersten Teil dieses Buchs zeigten wir auf, dass Rückenschmerzen oft nicht nur aus einer Ursache entstehen, die einfach zu beeinflussen wäre. Häufig wirken mehrere Faktoren zusammen, insbesondere bei chronischem Verlauf. Deshalb genügt es nicht zur Therapie, den Schmerz zu bekämpfen, vielleicht auch chirurgisch zu behandeln. Notwendig ist vielmehr eine ganzheitliche Behandlung, die den Patienten insgesamt erfasst, vor allem auch die psychischen Ursachen der Schmerzen berücksichtigt.

In den üblichen Praxen wird eine so aufwändige Therapie kaum möglich sein, dazu mangelt es auch an Zeit. Der naturmedizinisch orientierte Therapeut hingegen wird sich diese Zeit meist nehmen, denn nur dann kann er eine Ganzheitsbehandlung durchführen. Darüber hinaus muss der Patient selbst aktiv bei der Therapie mitarbeiten, etwa durch Abbau von Übergewicht, regelmäßige Bewegungs- und Entspannungstherapie.

Allerdings garantiert auch diese umfassende Behandlung keine völlige Ausheilung der Rückenschmerzen. Besonders bei chronischem Verlauf bleiben oft Restbeschwerden, mit denen der Patient leben muss. Das fällt ihm leichter, wenn er im Rahmen der Ganzheitstherapie gelernt hat, sich auch selbst zu helfen.

Soforthilfe bei akuten Schmerzzuständen

Erfahrungsgemäß scheuen viele Schmerzpatienten die möglichen Risiken schmerzlindernder Medikamente mehr als die Schmerzen selbst. In dieser Einstellung werden sie noch bestärkt, weil in unserer Gesellschaft die Meinung vorherrscht, dass ein gewisses Maß an Schmerzen zumutbar ist. Oft werden die Betroffenen gar für die Geduld und Tapferkeit gelobt, mit der sie den Schmerz ohne Arzneimittel ertragen.

Mittlerweile steht zweifelsfrei fest, dass es nicht nur sinn- und nutzlos ist, die Schmerzen »heroisch« länger zu ertragen, als bis zur Diagnose erforderlich ist. Dieses Verhalten kann sogar dazu führen, dass der Schmerz bald chronisch wird.

Die moderne Schmerzforschung wies nach, dass sich der Übergang von akuten Schmerzen ins chronische Stadium am sichersten verhüten lässt, wenn die akuten Symptome so rasch wie möglich behandelt werden. Andernfalls kommt es bald zu Veränderungen im Nervensystem, insbesondere zur Entwicklung einer Art Schmerzgedächtnis, in dem der Schmerz gleichsam gespeichert wird. Häufig hält er selbst dann noch an, wenn die auslösenden Ursachen längst ausgeheilt sind.

Akute Schmerzen sind immer als Warnzeichen zu verstehen, mit dem der Körper auf eine Erkrankung oder Verletzung hin-

> Naturgemäß fällt es besonders schwer, solche Schmerzzustände zu lindern oder gar auszuheilen. Allzu oft bleibt jede Behandlung unbefriedigend oder nahezu wirkungslos.

weist. Da dieser Schmerz für die sichere Diagnose wichtig sein kann, darf er nur gelindert, aber noch nicht völlig unterdrückt werden.

Erst nach der Untersuchung soll und muss der Schmerz so weit wie möglich unterdrückt werden. Er hat dann seine Funktion als Warnzeichen erfüllt und plagt die Betroffenen unnötig.

Versuchsweise Selbstbehandlung

Seit einiger Zeit versuchen immer mehr Menschen, sich bei leichteren Gesundheitsstörungen selbst zu behandeln. Das erklärt sich unter anderem daraus, dass den Patienten heute zu fast jeder der häufigeren Krankheiten genügend einschlägige Literatur mit Anleitungen zur Selbsthilfe zur Verfügung steht.

Wie wichtig die Selbstbehandlung auch unter dem Aspekt der Kosteneinsparung im Gesundheitswesen ist, belegt das Urteil vieler Fachleute. Danach wäre unser Gesundheitssystem längst nicht mehr finanzierbar ohne die Selbsthilfe bei leichteren Erkrankungen. Schließlich darf man nicht übersehen, wie frühzeitige Selbstbehandlung häufig verhindert, dass sich aus einer zunächst leichten Gesundheitsstörung eine ernstere Krankheit entwickelt.

Überdies soll nicht unbeachtet bleiben, dass Selbsthilfe auch auf das seelische Befinden günstig wirken kann, insbesondere bei chronischen Schmerzzuständen. Die Patienten erleben dabei nämlich, dass sie ihren Schmerzen nicht hilflos ausgeliefert sind, nicht unbedingt fachlichen Rat benötigen. Das wirkt vor allem der Resignation und Hoffnungslosigkeit entgegen, die sich bei vielen chronisch Schmerzkranken im Lauf der Zeit einstellt. Indirekt kann sich dadurch auch der körperliche Zustand verbessern.

Überdies bescheinigen die Experten den Patienten, dass sie in der Regel keine unnötigen Risiken eingehen, sondern instinktiv meist richtig beurteilen, wann Selbsthilfe möglich ist und wann besser der Mediziner zugezogen werden sollte. Die Warnungen vor den Gefahren der selbstständigen Therapie erscheinen also überwiegend unbegründet.

Von entscheidender Bedeutung ist noch, dass die Grenzen der Selbsthilfe strikt beachtet werden. Dazu gelten folgende Regeln:

- Alle Beschwerden, die sich nicht innerhalb von 2–3 Tagen durch Selbstbehandlung deutlich bessern, vielleicht gar noch verschlimmern, erfordern fachliche Untersuchung.
- Von Anfang an stärkere Beschwerden, insbesondere Lähmungen und heftige Schmerzen, müssen sofort fachlich beurteilt werden; bei Lähmungen ist meist innerhalb weniger Stunden operative Behandlung notwendig, ehe Nerven unheilbar geschädigt werden.
- Wenn die Symptome durch Selbsthilfe zwar gebessert werden, aber über kurz oder lang zurückkehren, muss der Therapeut ebenfalls zugezogen werden, weil die Selbstbehandlung dann die Ursachen nicht beseitigte.

Wenn diese Grundsätze strikt beachtet werden, gibt es keine Bedenken gegen einen Selbsthilfeversuch.

Wer sich unsicher fühlt, nicht genau beurteilen kann, welche selbstständige Behandlung am besten geeignet ist, die Therapiemethode vielleicht nicht so gut beherrscht, sucht am besten immer den Therapeuten auf, damit keine Behandlungsfehler den Zustand verschlimmern. Eher sollte man einmal unnötig den

Therapeuten aufsuchen, als eine Krankheit durch unwirksame Selbsthilfe zu verschleppen, bis am Ende keine erfolgreiche Therapie mehr möglich ist.

Bei leichteren Schmerzen müssen nicht gleich Schmerzmittel eingenommen werden. Akute Schmerzzustände sprechen meist gut auf Kältekompressen (Apotheke) an, die ständig in der Tiefkühltruhe vorrätig gehalten werden können. Notfalls genügen auch Auflagen mit kaltem Wasser, die häufiger gewechselt werden, ehe sie sich zu stark erwärmen. Manchen Patienten helfen warme Auflagen oder Bestrahlungen mit der Infrarotlampe besser, in erster Linie bleibt die Wärmetherapie aber chronischen Schmerzen vorbehalten.

In der Apotheke sind die bequemen fertigen Heublumenkompressen erhältlich. Sie werden auch bei akuten Schmerzen warm angewendet. Die Wirkungsweise der Heublumen ist noch nicht restlos geklärt. Fest steht aber, dass nicht nur die Wärme der Kompresse hilft, sondern Wirkstoffe aus den Heublumen durch die Haut in den Körper gelangen und mit zur Besserung beitragen.

Gute Ergebnisse bei akuten Schmerzen erzielt man oft durch die Kneippschen Wasseranwendungen. Je nach Verträglichkeit und Reaktionen des Körpers werden sie kalt oder warm durchgeführt. Behandelt wird dabei vor allem das schmerzende Körpergebiet und seine Umgebung, die Wirkung setzt sich automatisch in den übrigen Körper fort. Zur Selbsthilfe eignen sich vor allem örtliche Auflagen, Wickel, Güsse und Teilbäder. Einige geeignete Wasseranwendungen stellen wir später noch vor (s. S. 163 ff.).

Oft gebraucht man zur Selbstbehandlung verschiedene Rheumasalben/-gels. Sie enthalten überwiegend durchblutungsfördernde und schmerzlindernde Wirkstoffe. Je nachdem, was die Anweisung vorgibt, trägt man sie nur vorsichtig auf oder massiert sie in die schmerzenden Körperpartien ein. Im Bereich der empfindlichen Halswirbelsäule soll nur aufgetragen, nicht einmassiert werden, damit sich die Beschwerden nicht verschlimmern.

Anstelle der Salben und Gels eignen sich auch Badezusätze, bei denen die durchblutungsfördernden und schmerzlindernden Wirkstoffe durch die Entspannung im warmen Bad unterstützt werden. Obwohl die Schmerzen am Rücken oft nur einen kleinen Bereich betreffen, wendet man grundsätzlich Vollbäder an. Sie wirken auch auf jene Körperregionen, die zwar nicht spürbar schmerzen, durch Fernwirkung aber verspannt sein können.

Vorsicht ist allerdings bei Herz-Kreislauf-Erkrankungen geboten, dann könnte ein Vollbad schon zu stark belasten. In solchen Fällen muss der Therapeut entscheiden, welche Wasseranwendungen vertretbar sind, z. B. das Sitzbad bei Symptomen an der Lendenwirbelsäule.

Die fertigen Badezusätze enthalten ähnlich wie Rheumasalben durchblutungsfördernde und schmerzlindernde Wirkstoffe. Oft sind nur pflanzliche Bestandteile darin enthalten, zum Teil aber auch chemische Substanzen, die oft besser gegen den Schmerz wirken. Das Fachpersonal in der Apotheke kann über die im Einzelfall am besten geeigneten Badezusätze beraten.

Zum Schluss sei noch auf die chinesische Punktbehandlung hingewiesen, die Schmerzen nicht selten erstaunlich gut und schnell lindert. Zur Selbsthilfe kommt Akupunktur mit Nadeln oder Laser nicht infrage, allenfalls die Elektroakupunktur. Grundsätzlich empfiehlt sich zur Selbstbehandlung aber die Akupressur mit den Fingerkuppen. Ähnlich gute Wirkungen erzielt man oft mit Shiatsu. Beide Heilverfahren werden später noch ausführlicher vorgestellt (s. S. 154 ff.).

Wenn die nicht medikamentösen Heilverfahren nicht ausreichend und/oder zu langsam wirken, soll auch die Schmerzlinderung mit Tabletten nicht gescheut werden. Die Selbsthilfe verwendet hauptsächlich Acetylsalizylsäure (kurz ASS) und Ibuprofen (mit niedrigem Wirkstoffgehalt rezeptfrei erhältlich).

Paracetamol hilft zwar auch gut gegen Schmerzen, verursacht unter Umständen aber auch ernste Nebenwirkungen. Deshalb sollte dieser Wirkstoff nur nach fachlicher Zustimmung verwendet werden.

ASS und Ibuprofen hingegen sind bei kurzem Gebrauch meist gut verträglich, ernstere Nebenwirkungen kommen seltener vor. Bei bekannter Neigung zu Allergien (vor allem Asthma), Magenbeschwerden oder Blutgerinnungsschwäche muss auf ASS (teils auch auf Ibuprofen) verzichtet werden, wenn der Therapeut nicht ausdrücklich die Einnahme verordnet.

Diese Schmerzmittel sind genau nach Gebrauchsanweisung einzunehmen. Die Dosis muss hoch genug sein, um die Schmerzen wirksam zu bekämpfen, eine Überdosierung bei starken Schmerzen ist aber nicht erlaubt. Wenn Schmerzen so stark auftreten, dass sie nicht durch normale Dosierung der obigen Arzneimittel ausreichend gelindert werden, sollte ohnehin immer der Therapeut zugezogen werden.

Die richtige Selbsthilfe kann akute Schmerzen bald beseitigen. Das bedeutet jedoch nicht, dass auch die Ursachen der Rückenschmerzen geheilt wurden. Oftmals verschlimmern sich die Wirbel-Bandscheiben-Schäden einige Zeit unbemerkt, bis schließlich noch heftigere Schmerzen auftreten. Deshalb muss auch nach erfolgreicher Selbsthilfe fachlich untersucht und je nach Befund gezielt behandelt werden.

Fachliche Therapie

Eine fachliche Behandlung muss stets durchgeführt werden, wenn Rückenschmerzen chronisch bestehen oder häufig wiederkehren. Das zeigt nämlich an, dass die Ursachen fortbestehen.

Ferner ist die Hilfe des Therapeuten notwendig, wenn akute starke Schmerzen oder sogar Lähmungen auftreten oder die Symptomatik sich trotz Selbsthilfe nicht bessert. Auch wer unsicher ist, zum Beispiel an eine innere Krankheit denkt, die mit Schmerzen in den Rücken ausstrahlt, benötigt rasch fachliche Untersuchung und Therapie je nach Befund.

Natürlich stehen dem Mediziner weit mehr therapeutische Möglichkeiten zur Verfügung als bei der Selbsthilfe. Das bedeutet aber nicht unbedingt, dass gleich mit starken Arzneimitteln behandelt wird. Auch Schulmediziner verordnen nicht selten zunächst einfachere Heilverfahren, wenn dies aus medizinischer Sicht vertretbar ist, z. B. Wasseranwendungen und Rheumasalben, die bei der Selbsthilfe bereits vorgestellt wurden.

Zur Unterdrückung der Schmerzen muss sich der Therapeut nicht auf ASS, Ibuprofen und Paracetamol beschränken. Es gibt viele andere, besser wirksame Analgetika, die gegen stärkere Schmerzen angezeigt sind; zum Teil enthalten sie noch muskelentspannende Wirkstoffe gegen die Verkrampfungen der Rückenmuskeln.

In schweren Fällen können sogar Morphine und davon abgeleitete chemische Arzneistoffe (wie Tramadol) notwendig werden, um den Patienten unnötiges Leid zu ersparen und zu verhindern, dass aus akuten Schmerzen eine chronische Schmerzkrankheit wird. Vielfach werden Lokalanästhetika (örtlich wirksame Betäubungsmittel) wie Lidocain und Procain im Bereich der Schmerzzonen injiziert (s. a. Neuraltherapie S. 181 ff.). Damit kann sofort Schmerzlinderung erzielt werden, die bis zu 24 Stunden anhält; seltener verschwinden die Schmerzen sogar nach nur einer Behandlung dauerhaft. Im Vergleich zu den oben genannten Schmerzmitteln belasten die örtlich verabreichten Lokalanästhetika nicht den gesamten Organismus, überdies können die gebräuchlichen Wirkstoffe mit zur Regeneration beitragen.

Gegen die Reizung der Nervenwurzeln sowie bei Entzündungen und Arthrosen der kleinen Wirbelgelenke werden Antirheumatika mit unterschiedlichen Wirkstoffen verordnet (wie Anthranilsäure, Azapropazon, Methotrexat, Phenylbutazon, Piroxicam oder Tenoxicam). Diese speziellen Rheumamittel werden aber oft nicht so gut wie die zur Selbsthilfe genannten Analgetika vertragen, insbesondere bei der häufig notwendigen Langzeittherapie drohen erhebliche Nebenwirkungen (wie Herz-Kreislauf-, Magenbeschwerden, allergische Reaktionen).

Deshalb muss im Einzelfall sorgfältig abgewogen werden, ob ASS oder Ibuprofen zur Therapie nicht genügen oder zumindest nach Besserung der akuten Beschwerden anstelle der Antirheumatika verabreicht werden können.

Bei schwerem Krankheitsverlauf sind auch Kortikoide (oft vereinfachend Kortison genannt) nicht generell abzulehnen. Sie stehen zwar in einem »schlechten Ruf« bei vielen Patienten, aber wenn sie nicht zu lang eingenommen werden, bleiben die Risiken relativ gering und können für die gute Wirkung meist in Kauf genommen werden.

Auch Naturmediziner lehnen schmerz- und entzündungslindernde Arzneimittel nicht von vornherein ab. Bei Bedarf werden sie auch von naturmedizinisch orientierten Therapeuten verordnet. Mehr als in der Schulmedizin berücksichtigt man in der Biomedizin aber, dass derartige Medikamente vornehmlich gegen Symptome wirken, meist aber nicht oder nur unzulänglich gegen die Ursachen.

Deshalb ergänzt der naturheilkundlich orientierte Therapeut die übliche Behandlung durch Heilverfahren der Biomedizin. Im Vordergrund stehen dabei meist individuelle Homöopathie, Neuraltherapie, Reflexzonentherapie, Chirotherapie, Massagen, Krankengymnastik und nicht zuletzt Entspannungstherapie oder bei Bedarf die fachliche Psychotherapie.

Diese unvollständige Aufzählung geeigneter Heilverfahren zeigt, dass sich die Naturmedizin dem ganzen Menschen zuwendet, nicht nur isoliert seine Krankheit betrachtet.

Das ist einer der wichtigsten Gründe, weshalb biomedizinische Therapien zum Teil selbst dann noch wirken oder sogar heilen, wenn die offizielle Medizin längst aufgeben musste.

Wann muss operiert werden?

Ein Patient, der jahrelang an Rückenschmerzen leidet, die auf Medikamente und andere Therapien nicht richtig ansprechen, sich oft sogar verschlimmern, sieht in der Operation verständlicherweise seine letzte Chance. Das kann zutreffen, aber oft genug fällt das Operationsergebnis enttäuschend aus, gelegentlich bestehen danach sogar noch schlimmere Beschwerden.

Die Orthopäden, die das am besten wissen, geben in Umfragen deshalb wohl mehrheitlich an, dass sie an sich selbst oder bei Angehörigen längst nicht alle Operationen durchführen lassen würden, die sie an Patienten vornehmen. Das hat natürlich auch mit der juristischen Verantwortung des Arztes zu tun, der dem Patienten die Entscheidung nicht abnehmen kann. Dennoch stimmt es nachdenklich, dass so viele Orthopäden nicht das gleiche Vertrauen in die Chirurgie setzen wie ihre Patienten.

Das darf jetzt aber nicht missverstanden werden: Hier sollen schwer Schmerzkranke nicht um ihre letzte Hoffnung gebracht werden. Aber jeder Patient hat ein Anrecht darauf, umfassend über Chancen und Risiken einer Operation aufgeklärt zu werden; dazu gehört auch die Warnung vor zu hohen Erwartungen. Selbst nach einer gelungenen Operation bleiben oft noch Restbeschwerden, im Lauf der Zeit nach dem chirurgischen Eingriff können an anderen Bereichen der Wirbelsäule wieder Beschwerden auftreten.

Deshalb muss in jedem Einzelfall sorgfältig abgewogen werden, ob das Nutzen-Risiko-Verhältnis stimmt. Wenn ein Patient seine Entscheidung zur Operation absichern will, sollte er einen weiteren Arzt zuziehen, der unter Umständen zu einer anderen Empfehlung kommt.

Zum Teil stellt sich allerdings überhaupt nicht die Frage, ob chirurgisch behandelt werden soll, weil die Operation als einzige Therapie in Betracht kommt. Das gilt vorwiegend in folgenden Fällen:

- Lähmung der Gliedmaßen, die auf einen eingeklemmten Nerv hinweist, der das betroffene Glied nicht mehr versorgt; die Operation ist innerhalb weniger Stunden notwendig, weil die Nerven sonst nicht mehr zu regenerieren sind und die Lähmung unwiderruflich bestehen bleibt.
- Verlust der Kontrolle über Harn-/Stuhlabgang (Inkontinenz), ebenfalls ein Symptom eingeklemmter Nerven, die so bald wie möglich wieder »befreit« werden müssen, weil die Inkontinenz sonst dauerhaft bestehen bleibt.
- Störungen lebenswichtiger innerer Organe (wie Herz, Atmung), die durch Fernwirkung von Wirbel-Bandscheiben-Schäden ausgehen können. In solchen Fällen ist die Operation aber nicht zwingend, Risiken und Erfolgsaussichten müssen sorgfältig gegen die Organstörungen abgewogen werden.
- Chronische Schmerzen, die ständige Einnahme von Schmerzmitteln erfordern; die meisten Analgetika führen bei Langzeitgebrauch vor allem zu Nieren- und/oder Leberschäden, schlimmstenfalls zum lebensbedrohlichen Versagen eines Organs. Dem soll die Operation vorbeugen. Es gibt allerdings keine Gewähr dafür, dass der Schmerz dann verschwindet und keine Arzneimittel mehr verabreicht werden müssen.

> Wenn Rückenschmerzen frühzeitig diagnostiziert und gezielt behandelt werden, treten die obigen Indikationen für eine Operation seltener ein. Deshalb darf man sich nicht unnötig lang mit Selbsthilfe aufhalten; wenn sie nicht bald wirkt oder immer wieder Rückfälle auftreten, wird der Mediziner zugezogen.

Je nach Symptomatik und Verlauf der Erkrankung können auch aus anderen Ursachen Operationen angezeigt sein, das kann nur der Therapeut beurteilen.

Basistherapie chronischer Rückenschmerzen

Bei akuten Rückenschmerzen steht zunächst die Schmerzlinderung im Vordergrund. Zwar sollte nach Besserung eine ursächliche Therapie beginnen, aber sie wird häufig nicht oder nicht lange genug durchgeführt. Viele Patienten sind nach der Schmerzlinderung dazu nicht mehr ausreichend motiviert.

Chronische Rückenschmerzen, die sich unter anderem bei ungenügender Nachbehandlung akuter Beschwerden einstellen können, werden auch so gut wie möglich unterdrückt.

Das Ziel der Therapie besteht aber vor allem darin, die Ursachen zu bessern. Das erfordert eine Basistherapie, die schädliche Verhaltensweisen im Alltag (wie schlechte Haltung, falsches Schuhwerk) korrigiert. Zusätzlich werden je nach Einzelfall verschiedene medikamentöse und/oder nicht medikamentöse Heilverfahren angewendet.

Völlige Heilung gelingt bei chronischen Rückenschmerzen seltener, meist bessert sich aber das Befinden, und der weitere Krankheitsverlauf kann gehemmt oder sogar gestoppt werden.

Haltungskorrektur – Alexandertechnik

Fehl-, Zwangshaltungen und Überlastungen der Wirbel und Bandscheiben gehören zu den häufigsten Ursachen der chronischen Rückenschmerzen. Der Einfluss von Haltung und Belastung wirkt so stark, dass anhaltende Besserung oder Heilung der Rückenschmerzen in der Regel nur möglich ist, wenn die Haltung korrigiert wird.

Die Grundlagen falscher Gewohnheitshaltungen werden häufig schon in der Kindheit und Jugend geschaffen. Die in dieser Zeit eingeübten Haltungen behält man meist bei, weil sie überhaupt nicht mehr bewusst sind.

Als weitere Ursachen falscher Haltungen kommen häufig berufliche Anforderungen in Betracht, die zum Teil eine ungünstige Zwangshaltung verlangen. Auch die übermäßigen Belastungen, die unsere Haltung beeinträchtigen, können berufsbedingt sein; allerdings kommt es auch in der Freizeit durch Unvernunft oft zu Überlastungen. Im Lauf der Zeit können sie zu ernsten Schäden an Wirbeln und Bandscheiben führen.

Eine Korrektur dieser wichtigen Ursachen chronischer Rückenschmerzen setzt voraus, dass die Fehlhaltung oder Überlastung überhaupt wieder bewusst wahrgenommen wird. Wenn das schwer fällt, empfiehlt sich oft eine Körpertherapie (s. S. 196 ff.), bei der man den eigenen Körper bewusst erlebt und seine Bedürfnisse wahrnimmt. Erst nach diesen Selbsteinsichten kann wieder eine gute Haltung eingeübt werden. Indirekt wirkt sich das häufig auch auf die innere Haltung eines Menschen günstig aus.

Sinnvoll ist eine Haltungskorrektur aber nur, wenn sie von Gymnastik begleitet wird. Die Fehl- und Überlastungen schwächen die schmerzhaft verkrampfte Muskulatur, bei längerer Krankheit passen sich die Muskeln unter Umständen sogar durch Verkürzung den Fehlhaltungen an. Nur durch regelmäßiges Training kann das »Muskelkorsett« entkrampft, gedehnt und gekräftigt werden (Beispiele zum Training ab S. 132). Dann unterstützt die Rückenmuskulatur wieder die Wirbelsäule und trägt so maßgeblich mit zur guten Haltung bei.

Zunächst muss die verbesserte Haltung noch bewusst wahrgenommen werden, damit man sie bei Bedarf korrigieren kann. Später wird sie aber ebenso zur Gewohnheit wie vorher die ungünstige Haltung. Kommt es zu Problemen bei dieser Haltungskorrektur, sollte bald der Therapeut hinzugezogen werden. Es gibt nicht die eine gute Körperhaltung, sondern individuelle Unterschiede. Mehrere Faktoren spielen dabei eine Rolle, z. B. das seelische Befinden, das über das vegetative Nervensystem die Rückenmuskulatur beeinflusst, oder die Situation, in der man sich gerade befindet.

Es führte zu weit, hier alle möglichen Körperhaltungen auch nur kurz zu skizzieren, geschweige denn, sie ausführlicher zu beschreiben. Der Therapeut kann dabei helfen, die im Einzelfall optimale Haltung zu finden und einzuüben.

Man benötigt zur Haltungskorrektur nicht unbedingt eine bestimmte Technik. Oft gelingt es aber besser, wenn man einer praxiserprobten Methode folgt. Abgesehen von den später noch vorgestellten Körpertherapien ist vor allem die Alexandertechnik hervorzuheben.

Der Begründer dieser Heilmethode, der australische Schauspieler *Frederic Matthias Alexander,* war selbst Opfer einer Fehlhaltung. Bei seinen Auftritten versagte ihm zwischendurch immer wieder einmal die Stimme. Die Ursachen dafür wurden trotz vieler Untersuchungen nicht erkannt. Für die Medizin war er ein hoffnungsloser Fall, der wohl bald seinen Beruf aufgeben musste.

Mit dieser Perspektive wollte sich Alexander aber nicht anfreunden, er begann deshalb mit der Selbstbeobachtung. Bald fiel ihm auf, dass er unbewusst oft eine bestimmte Fehlhaltung des Kopfs einnahm. Sie beeinträchtigte den Kehlkopf derart, dass ihm die Stimme versagte. Nachdem er das erkannt hatte, vermied er bewusst die ungünstige Kopfhaltung und litt seither nicht mehr an Störungen der Stimme.

Seine eigenen Erfahrungen wollte Alexander auch anderen Menschen vermitteln. Er begann, aus seiner einfachen Selbsthilfe ein Heilverfahren zu entwickeln, das auch andere anwenden konnten.

Theoretische Grundlage ist die Annahme, dass Lebensenergie in der Wirbelsäule strömt. Gesund ist man, wenn dieser Energiefluss nicht behindert wird. Fehlhaltungen, Überlastungen und indirekt häufig auch seelisch-geistige Haltungen verlagern die Wirbel und Bandscheiben, der Energiestrom wird gestört.

Da alle Lebensfunktionen von Energie abhängig sind, wirkt sich die Energiestörung auf die unterschiedlichsten Körperfunktionen und Organe aus. Unter anderem gehören dazu chronische Abgespanntheit und abnorme Ermüdung ohne entsprechende körperliche Anstrengung, Seh-, Hör- und Sprachstörungen, Asthma, zu hoher oder zu niedriger Blutdruck und nicht zuletzt psychische Reaktionen wie Depressionen. Nach Korrektur der Haltung strömt die Lebensenergie wieder ungestört, die Beschwerden bilden sich zurück.

Es ist kaum möglich, die Alexandertechnik genauer zu erklären, weil jeder Therapeut seinen eigenen »Stil« der Behandlung pflegt.

Vereinfacht gesagt, macht die Technik zunächst die unbewussten Fehlhaltungen und Überlastungen wieder bewusst, dann werden sie »verlernt« und durch eine Idealhaltung ersetzt. Diese individuell richtige Haltung prägt man sich bewusst immer wieder ein, bis sie zur neuen Gewohnheit geworden ist, die man automatisch beibehält.

Am Beginn der Therapie erlernt der Patient nach Anweisung des Therapeuten, die Fehlhaltungen bewusst zu korrigieren und die damit verbundenen Muskelverspannungen zu lockern. Nach einiger Zeit, wenn diese Grundübungen gut gelingen, beschäftigt sich der Therapeut mit den individuellen Haltungsstörungen und deren Ursachen. Die Wirkung kann bald eintreten, aber auch Monate oder gar über ein Jahr Therapie in Anspruch nehmen. Um die Wirkung zu verstärken und zu beschleunigen, sollen die während der therapeutischen Sitzungen erlernten Übungen zu Hause selbstständig fortgesetzt werden.

Zu den wichtigsten Anwendungsgebieten der Alexandertechnik gehören natürlich Rückenschmerzen, ferner Kopfschmerzen, Nervenschmerzen, Asthma und Darmstörungen. Versuchsweise kann die Technik immer angewendet werden, wenn Symptome mit der Wirbelsäule in Beziehung zu stehen scheinen.

Abbau von Übergewicht

Die chronische Überlastung der Wirbelsäule durch die überschüssigen Pfunde führt über kurz oder lang zu Haltungsfehlern und Wirbel-Bandscheiben-Schäden. Ohne konsequente Reduzierung des Übergewichts wird eine Therapie auf Dauer kaum erfolgreich sein.

Der Kardinalfehler vieler Reduktionskuren besteht darin, dass man durch Diät zwar die Pfunde abbaut, dann aber zu der gewohnten Ernährungsweise zurückkehrt, die zuvor das Übergewicht verursachte. Damit wird ein Rückfall (»Jo-Jo-Effekt«)

praktisch vorprogrammiert. Überdies wird bei vielen Schlankheitskuren der psychische Aspekt vernachlässigt oder völlig ignoriert, was gleichfalls zu Rückfällen führen kann.

Bei erheblichem, vielleicht gar akut bedrohlichem Übergewicht (etwa hohes Infarktrisiko) empfiehlt sich meist die Kur in der Klinik oder im Sanatorium. Hier kann das Gewicht unter ständiger fachlicher Überwachung bei Bedarf schneller reduziert werden. Beim »normalen« Übergewicht (etwa 10–20 % über Normalgewicht) hingegen können ansonsten gesunde Menschen die Reduktionskur selbstständig durchführen. Dazu gibt es genügend einschlägige Literatur mit unterschiedlichen Kurplänen, die hier nicht ausführlich vorgestellt werden müssen.

Grundsätzlich gilt, dass die tägliche Kalorienzufuhr während der Kur 1500–1000 Kalorien betragen darf. Das genügt, um Übergewicht allmählich schonend abzubauen.

Die Diät soll vor allem viel Rohkost enthalten, die wenig Kalorien zuführt, gut sättigt und den Körper mit Vitalstoffen überschwemmt. Auf Fleischwaren wird während der Kur möglichst verzichtet.

Eine Reduktionskost nach obigen Grundregeln baut Übergewicht fast immer ab, aber damit ist es nicht getan. Zum Teil muss man auch nach den psychischen Wurzeln des Übergewichts fragen. Insbesondere Enttäuschungen, Misserfolge und emotionale Probleme können das Essverhalten so beeinflussen, dass Übergewicht entsteht (Essen wird hier zum Trost).

Normalisiert sich das Gewicht, bestehen die psychischen Faktoren weiterhin. Dann ist es oft nur eine Frage der Zeit, bis das Essverhalten wieder außer Kontrolle gerät und erneut Übergewicht angesammelt wird. Es kommt aber auch vor, dass sich psychische Symptome verlagern, beispielsweise die Essstörungen beseitigt werden, dafür aber vielleicht eine Depression beginnt.

In leichteren Fällen genügt es, das Seelenleben durch Entspannung und Autosuggestion (im fachlich geleiteten Kurs erlernen) so zu beeinflussen, dass das frühere falsche Essverhalten nicht mehr durchbricht und auch keine Ersatzsymptome entstehen. Ernstere psychische Probleme sprechen auf Selbsthilfe kaum an, hier muss fachlich beraten werden.

Wenn der Körper schlanker geworden ist und das Seelenleben sich stabilisiert und harmonisiert hat, kann der bleibende Erfolg nie garantiert werden. Vielmehr beginnt jetzt der wichtigste Teil der Reduktionskur, die Umstellung der früheren Essgewohnheiten auf kalorienknappe Vollwertkost. Das mag schwierig erscheinen, weil so viele Menschen immer wieder daran scheitern. Tatsächlich gelingt das aber ziemlich einfach, wenn folgende Essgewohnheiten eingeübt werden:

- Mindestens 30 % der täglichen Nahrungsmenge als Rohkost verzehren, die wenig Kalorien enthält, durch ihren Ballaststoffgehalt sättigt und reichlich Vitalstoffe zuführt.
- Die heute übliche Fettzufuhr von 100–130 g (und mehr) radikal kürzen; mehr als 40–45 g Streich- und Kochfett am Tag sind bei normaler körperlicher Beanspruchung nie erforderlich. Auch eine stärkere Fetteinschränkung ist möglich, z. B. völliger Verzicht auf alle Streichfette; auf Dauer kommt man ohne Fett aber nicht aus, denn es ist unter anderem zur Aufnahme und Verwertung der fettlöslichen Vitamine (A, D, E) unentbehrlich. Die verringerte Fettzufuhr erspart leicht 500–600 Kalorien (oder mehr) am Tag.
- Viele Genussmittel sind wahre »Kalorienbomben«, man denke an Zuckerprodukte, Schokolade, Kuchen und Gebäck,

Sahne oder Alkohol. Wer sie gelegentlich aus besonderem Anlass genießt, wird davon nicht übergewichtig, wenn die übrige Ernährung vernünftig bleibt. Gewohnheitsmäßiger Konsum von Genussmitteln hingegen führt fast unvermeidlich zu Übergewicht, insbesondere natürlich dann, wenn auch die übrige Kost falsch zusammengestellt wird. Es nützt übrigens wenig, auf Zucker zu verzichten und Süßstoff zu verwenden, der Körper lässt sich dadurch nicht täuschen, das Bedürfnis nach »echten« Süßigkeiten nimmt zu.

Dies sind eigentlich schon alle Grundregeln, die vor Übergewicht bewahren. Empfehlenswert kann es noch sein, nicht die üblichen 3 großen Mahlzeiten zu verzehren, sondern über den Tag verteilt 5 kleinere, das scheint Übergewicht auch vorzubeugen.

Von körperlicher Aktivität darf man keinen so hohen Kalorienverbrauch erwarten, wie oft angenommen wird. Man müsste schon sehr lang und hart trainieren, um den Kalorienüberschuss der üblichen Kost zu verbrauchen. Wichtig ist aber, dass Bewegung den Stoffwechsel anregt, also indirekt doch mit zur Vorbeugung oder zum Abbau von Übergewicht beiträgt.

Gut ausgestattetes Bett

Bis zu einem Drittel des Tages verbringen wir täglich im Bett. Da versteht sich von selbst, dass ein schlechtes Bett die Wirbel- und Bandscheibenschäden enorm beschleunigen und verschlimmern kann. Deutlichste Warnzeichen für ein ungeeignetes Bett sind Kopf-, Nacken- und/oder Rückenschmerzen, die morgens am schlimmsten bestehen und sich im Tagesverlauf bessern. In solchen Fällen nimmt man das Bett kritisch unter die Lupe, hauptsächlich Rost, Matratze und Kopfkissen.

Bettroste werden oft vernachlässigt, sind aber mindestens ebenso wichtig wie die Matratze, die darauf liegt. Auch die beste Matratze kann einen schlechten Rost nicht ausgleichen. Während man früher, als es nur Matratzen mit Spiralfedern gab, den Patienten mit Rückenschmerzen oft empfahl, anstelle des Rosts ein flaches Brett ins Bett zu legen, bevorzugt man heute auch bei Wirbel-Bandscheiben-Schäden den Holzlattenrost (Federholzrahmen).

Der Lattenrost besteht aus einem Holzrahmen, in den die federnden Holzlatten eingelassen sind. Vielfach sind die Latten in Kautschuk- oder Kunststoffkappen gelagert, das verhindert viele störende Geräusche. Die mittleren Querlatten des Rosts, auf denen das Hauptgewicht des Körpers lastet, sollten verstärkt sein, damit sie nicht durchhängen. Bei manchen Rosten können die Querlatten durch Schieber härter oder weicher eingestellt werden, damit sie optimal der Verteilung des Körpergewichts anzupassen sind.

Am Kopfende soll der Rost höhenverstellbar sein, damit man zum Beispiel beim Lesen im Bett den Rücken gut abstützen kann. Das Fußende kann ebenfalls verstellbar sein, das ist vor allem bei Krampfadern nützlich, wenn man die Beine hochlagert, damit das gestaute Blut aus den Venen abfließt; unbedingt notwendig ist das aber nicht.

Die früher üblichen Spiralfederroste sind grundsätzlich ungeeignet und werden praktisch nicht mehr angeboten. Wer nicht darauf verzichten will, sollte wenigstens darauf achten, dass die Federn in der Mitte unter dem Hauptgewicht des Körpers verstärkt sind, sonst sinkt man zu tief ein (Hängematteneffekt).

Der Matratzenschoner, der auf dem Rost liegt, kann beliebig ausgewählt werden. Er erfüllt bei Wirbel-Bandscheiben-Schäden keine besondere Funktion.

Matratzen waren früher dreiteilig, also handlicher. Allerdings konnten sie den Rücken nicht gut abstützen, überdies drang kühle Luft durch die Ritzen und konnte Muskelverspannungen erzeugen. Daher sind sie schon seit einiger Zeit nicht mehr gebräuchlich. Wer noch auf einer solchen Matratze schläft, sollte sie schleunigst austauschen.

Die heute üblichen einteiligen Matratzen enthalten einen ausreichend harten Schaumstoffkern oder eine Federkerneinlage. Besonders gut eignen sich Matratzen, deren Kern unterschiedlich harte Belastungszonen besitzt; so passt sich die Matratze optimal der Gewichtsverteilung des Körpers an und stützt die Wirbelsäule in der idealen Haltung.

Ob ein Schaumstoff- oder Federkern ausgewählt werden soll, diskutiert man zum Teil kontrovers. Gegen den Federkern wendet man unter anderem ein, dass er das Elektroklima beim Bett stören und ungünstig auf bioelektrische Vorgänge im Körper einwirken kann; zuverlässige Beweise dafür gibt es allerdings nicht. Wer ganz sichergehen will, bevorzugt den Schaumstoffkern. Dagegen hört man gelegentlich den Einwand, dass das synthetische Material der Gesundheit schaden kann, aber auch dafür fehlen sichere wissenschaftliche Erkenntnisse.

Wer mögliche Risiken fürchtet, findet in Bioläden, Naturwarenversandhäusern und ähnlichen alternativen Geschäften inzwischen Matratzen mit natürlichem Füllmaterial, z. B. Dinkel. Ob eine solche Füllung tatsächlich so viele Vorteile bietet, dass sie den höheren Aufwand rechtfertigen, soll an dieser Stelle nicht weiter diskutiert werden. Wer glaubt, sich auf einer solchen »Biomatratze« wohler zu fühlen und besser zu schlafen, soll sie verwenden.

Allerdings können diese Matratzen nicht so optimal wie Feder- und Schaumstoffkerne der Gewichtsverteilung des Körpers angepasst werden. Zudem sind allergische Reaktionen auf das Füllmaterial nicht auszuschließen.

Auf dem Matratzenkern liegt ein Polster, oft aus Schurwolle, Rosshaar oder Kamelhaar. Es gibt auch Matratzen mit Sommer- und Winterseite, auf Letzterer befindet sich eine besonders gut wärmende Schurwollauflage. Auf das Polster kommt dann der Matratzenbezug, der oft auf der Unterlage fixiert ist. Es gibt aber auch Bezüge mit Reißverschluss, die abgezogen und gereinigt werden können, was vor allem bei Allergien wichtig sein kann.

Die Dicke einer Matratze soll mindestens 9 cm betragen, aber optimal ist das noch nicht. Die geringen Mehrkosten einer 12–14 cm starken Matratze sollten nicht gescheut werden, denn sie bietet besseren Halt. Die Härte der Matratze orientiert sich am Körpergewicht des darauf Schlafenden. Je mehr er wiegt, desto härter muss die Matratze in der Regel sein. Bei zu weichen Matratzen besteht die Gefahr, dass der Körper durchhängt, weil er nicht optimal abgestützt wird.

Kopfkissen werden häufig zum Problem für die Halswirbelsäule (HWS), wenn sie Kopf und Nacken nicht richtig stützen. Typische Folgen sind Kopf-, Nacken- und Schulter-Arm-Schmerzen, häufig auch noch Schlafstörungen. Im Lauf der Zeit werden die empfindlichen Wirbel und Bandscheiben der HWS geschädigt.

Nacken-Schulter-Schmerzen am Morgen müssen aber nicht

unbedingt durch falsche Kopfkissen entstehen. Zum Teil kühlt der Nacken im Schlaf zu stark ab, was zu schmerzhaften Muskelverspannungen führt. Abhilfe schafft dann ein Schal, der über Nacht um den Nacken gelegt wird.

Grundsätzlich sind die üblichen Kopfkissen allesamt anatomisch ungünstig, weil sie Kopf und Nacken nicht richtig abstützen. Als Alternative gibt es mittlerweile Spezialkissen, auf denen Kopf und Nacken immer richtig liegen und die Nackenmuskeln sich nicht verkrampfen. Sie bestehen meist aus einem festen Schaumstoffkern, in dem Wülste und Vertiefungen für optimale Lagerung sorgen.

Es empfiehlt sich, solche Kissen schon vorbeugend zu verwenden, ehe HWS-Beschwerden auftreten. Unentbehrlich wird die optimale Lagerung auf Spezialkissen, wenn bereits Symptome an der HWS bestehen. Unter anderem werden die Kissen im Sanitätsfachhandel angeboten.

Kleidung und Schuhwerk

Vorbeugung und Therapie von Wirbel-Bandscheiben-Schäden bleiben unvollständig, wenn Fehler bei Bekleidung und Schuhwerk nicht korrigiert werden. Modische Aspekte müssen unter Umständen hinter den medizinischen Anforderungen zurückstehen, obwohl gesunde Kleidung und Schuhe durchaus modisch sein können und sollen.

Schuhe müssen gut am Fuß sitzen, dürfen also weder zu eng noch zu weit sein. Ein flacher, bis 4 cm hoher Absatz verhindert die Fehlstellung des Beckens. Höhere Absätze können aus besonderem Anlass ab und zu schon getragen werden, aber nicht zu häufig und nicht zu lang, damit sie keine LWS-Schäden begünstigen. Die Sohlen sollen weich und elastisch sein, damit sie auch auf hartem Untergrund gut abpuffern und der Fuß bei jedem Schritt richtig abrollt.

So oft wie möglich läuft man barfuß, weil das dem natürlichen Bewegungsablauf am besten entspricht. Auch Sandalen mit gutem Fußbett sollen häufig getragen werden, denn sie trainieren unter anderem die Fuß-Bein-Muskulatur.

Die Bekleidung muss ebenfalls gut sitzen und darf nicht einengen, sonst führt sie zur Fehlstellung der Wirbelsäule. Ansonsten folgt die Kleidung dem persönlichen Geschmack und der Mode.

Welche Materialien bei der Kleidung bevorzugt werden sollen, hängt mit von der persönlichen Verträglichkeit ab. Manche Menschen vertragen nur Naturstoffe (wie Wolle, Baumwolle, Leder), viele können aber auch Kleidungsstücke aus synthetischen Fasern tragen, die sogar besser als Naturstoffe verträglich sein können. Ob synthetisches Material wirklich rheumatische Erkrankungen begünstigt und verschlimmert, lässt sich noch nicht zuverlässig beantworten. Freilich darf man dabei auch nicht übersehen, dass Naturfasern heute vielfach mit verschiedenen Chemikalien behandelt werden, die die Gesundheit also weit mehr als synthetische Materialien gefährden können.

Medikamentöse Behandlung

Arzneimittel werden bei Rückenschmerzen hauptsächlich gegen Schmerzen und Entzündungen angewendet. Auf die eigentlichen Ursachen der Krankheit nehmen sie meist nur wenig Einfluss, in erster Linie lindern sie die Symptomatik. Lediglich die Heilmittel der Naturmedizin, vor allem Homöopathie, können die Krankheiten ursächlich angehen.

Oftmals wird man eine Kombination aus chemischen und biomedizinischen Medikamenten einsetzen, um den Patienten rasch von seinen Schmerzen zu befreien und allmählich auch die Ursachen zu bessern oder auszuheilen. Leider ist diese kombinierte Therapie noch nicht die Regel.

Die üblichen Schmerzmittel

Die Linderung von Schmerzen gehört zu den vornehmsten Aufgaben der Medizin. Seit der Antike bemühen sich die Ärzte, den Kranken unnötige Schmerzen zu ersparen. Grundsätzlich sind Schmerzen aber nützlich, weil sie vor Krankheiten warnen. Sobald die Ursachen der Schmerzen diagnostiziert wurden, verlieren sie ihre Bedeutung und dürfen unterdrückt werden. Wenn die Erkrankung ausgeheilt ist, sollten auch die Schmerzen verschwunden sein.

Viele Menschen scheuen sich, die Schmerzmittel zu verwenden. Zum Teil steht dahinter noch die Ansicht, dass man Schmerzen eben »tapfer« ertragen muss, oft aber auch eine übersteigerte Angst vor den möglichen Nebenwirkungen.

Nach neueren Erkenntnissen der modernen Schmerzmedizin ist es nicht nur sinnlos, Schmerzen »heroisch« zu ertragen, das kann auch riskant werden. Fest steht zum Beispiel, dass Schmerzen das Immunsystem schwächen und unbehandelt bald in chronische Schmerzzustände übergehen können. Derartige Schmerzen werden häufig zur eigenständigen Krankheit und dauern an, selbst wenn die Ursachen längst beseitigt wurden.

Es ist also dringend zu empfehlen, Schmerzen gezielt zu unterdrücken, sobald sie ihre Funktion als Warnzeichen verloren haben. Dazu stehen viele mehr oder minder stark wirksame Analgetika zur Verfügung. Teils sind sie frei verkäuflich, teils nur auf Rezept erhältlich.

Unter den rezeptfreien Schmerzmitteln nimmt die Acetylsalizylsäure (kurz ASS) eine herausragende Stellung ein. Es handelt sich dabei um einen chemischen Abkömmling der Salizylsäure, die in natürlicher Form vor allem in Weidenrinde enthalten ist. ASS hilft aber meist besser und ist zum Teil auch besser verträglich. Abgesehen von der Linderung leichterer Schmerzen wirkt sie auch noch entzündungshemmend.

Bei kurzem Gebrauch wird ASS meist gut vertragen. Als Nebenwirkungen drohen dann vor allem Magenschmerzen, unter Umständen auch Magengeschwüre und -blutungen. Allergiker können darauf mit Ausschlägen und sogar Asthmaanfällen reagieren. Wer zu Allergien oder Magen-Darm-Störungen neigt, verzichtet besser strikt auf den Wirkstoff.

Längere Anwendung der ASS erhöht das Risiko von Magen-Darm-Blutungen und -Geschwüren, Leber-, Nierenschäden, Asthma, Gerinnungsschwäche des Bluts, Hörstörungen und Schwächung des Immunsystems. Vorsorglich sollte ASS nur nach fachlicher Verordnung und unter regelmäßiger Kontrolle längere Zeit eingenommen werden.

Als Alternative zu ASS gibt es den Wirkstoff Ibuprofen. Bis 400 mg Wirkstoffgehalt sind die Tabletten rezeptfrei, über 400 mg benötigt man ein Rezept. (Natürlich ist diese Vorsichtsmaßnahme untauglich, weil der Patient bei Bedarf auch mehrere Tabletten mit je 400 mg einnehmen kann.) Früher stand Ibuprofen generell unter Rezeptpflicht, die wegen der guten Verträglichkeit gelockert wurde.

Im Prinzip wirkt Ibuprofen wie ASS bei leichteren bis mittelstarken Schmerzzuständen. Mögliche Nebenwirkungen entsprechen denen der ASS. Auch hier gilt, dass längere Einnahme von Ibuprofen (auch die 200-mg-Tabletten) fachlich verordnet und regelmäßig kontrolliert werden soll.

Immer noch häufig verwendet wird Paracetamol, das auch stärkere Schmerzen lindern kann. Das Risiko von Nebenwirkungen scheint allerdings höher zu sein, insbesondere bei gleichzeitigem Alkoholkonsum oder bei längerer Anwendung. Außer allergischen Reaktionen der Haut kann der Wirkstoff noch Verdauungsstörungen, Leber-, Nieren- und Blutschäden provozieren. Vorsorglich sollte das rezeptfrei erhältliche Analgetikum nur nach Verordnung und unter ständiger fachlicher Kontrolle verabreicht werden, wenn man nicht ganz darauf verzichten kann.

Es führte zu weit, hier noch andere Analgetika anzuführen, ohnehin stehen sie meist unter Rezeptpflicht. Bei leichteren bis mittelstarken Schmerzen genügen die oben genannten peripheren Analgetika, die den Schmerz dort bekämpfen, wo er entsteht. Starke und stärkste Schmerzen lassen sich meist nur durch zentrale Analgetika lindern, die im Gehirn die Schmerzwahrnehmung dämpfen. Zu letzteren gehören Opiate wie Morphium, die als Betäubungsmittel besonders strengen Verordnungsvorschriften unterliegen, und opiatähnliche wie Tramadol, die nur unter »normaler« Rezeptpflicht stehen.

Es mag unangemessen erscheinen, Rückenschmerzen durch Opiate und ähnliche Wirkstoffe zu bekämpfen, die man vor allem zur Therapie schwerer Tumorschmerzen kennt. Aber es kommt nicht darauf an, wodurch die Schmerzen entstehen, sondern ausschließlich darauf, wie schwer sie empfunden werden. Deshalb ist es gerechtfertigt, auch gegen Rückenschmerzen solche starken Analgetika einzusetzen. Bei korrekter Einnahme nach fachlicher Verordnung erzeugen sie keine Sucht, wie immer noch oft behauptet wird. Schmerzen lassen sich aber nicht nur medikamentös bekämpfen, auch nicht medikamentöse Heilmittel sind wirksam, z. B. Kneippsche Wasseranwendungen, Reflexzonenmassage, Akupressur, Akupunktur, Shiatsu oder Elektrotherapie. Eine Entscheidung zwischen Analgetika und nicht medikamentösen Verfahren kann nur individuell getroffen werden.

Pflanzliche Medikamente

Heilpflanzen spielen bei der Schmerzbekämpfung keine so wichtige Rolle wie bei anderen Krankheiten. Bekannt ist vor allem die Zubereitung aus Weidenrinde mit natürlicher Salizylsäure, die man bereits in der Antike als »Trank der Hekate« kannte. Allerdings kann auch dieser Wirkstoff zu ähnlichen Nebenwirkungen wie ASS führen. Einen überzeugenden Vorteil der Salizylsäure im Vergleich zur ASS erkennt man nicht, es scheint eher, dass andere Analgetika verträglicher sind und besser helfen.

Als Alternative zur Weidenrinde verwendet man zum Teil die Spierblumen (volkstümlich Mädesüß, Geißbart). Da sie nicht so bekannt wie die Weidenrinde sind, sollten sie genau mit ihrem botanischen Namen *Spiraea ulmaria* bezeichnet werden, damit es zu keiner Verwechslung kommt. In der Heilpflanze sind gleichfalls Salizylsäueverbindungen enthalten, die manchmal besser als die in Weidenrinde vertragen werden. Ein Versuch damit lohnt sich bei leichteren Schmerzen.

Ohne Salizylsäure wirkt die Teufelskralle mit dem botanischen Namen *Harpagophytum procumbens*. Die exotische Heilpflanze ist in den Steppen und Wüsten Afrikas (z. B. in der Kalahari) heimisch. Sie liegt flach auf dem Boden und blüht leuchtend rotviolett, ihre Wurzeln reichen bis 1,5 m tief in die Erde und speichern Wasser. Zu Heilzwecken werden diese Wurzelstöcke ausgegraben. Als Hauptbestandteile enthalten sie Harpagid und Harpagosid.

Inzwischen wurde die Teufelskralle wissenschaftlich untersucht und stellte ihre schmerz- und entzündungslindernde Wirkung unter Beweis. Die beiden Hauptwirkstoffe lindern chronische Entzündungen. Das isolierte Harpagid ist ebenso wie ein Gesamtextrakt aus der Wurzel bei Arthritis wirksam. Die schmerzlindernde Wirkung geht auf den Hauptbestandteil Harpagosid zurück.

Darüber hinaus regt die Droge die Harnausscheidung und Entschlackung an, fördert die Verdauung und verbessert die Leberfunktionen. Diese positiven Nebenwirkungen tragen indirekt ebenfalls mit zur Linderung entzündlicher Erkrankungen bei.

Allerdings tritt die Wirkung nicht sofort ein, man muss schon einige Tage abwarten. Durch kurmäßige Gabe über längere Zeit verbessert sich der Therapieerfolg. Als Nebenwirkungen können Verdauungsbeschwerden auftreten, aber die Teufelskralle gilt grundsätzlich als gut verträglich.

Der Tee aus diesen Heilpflanzen eignet sich allenfalls bei leichten Beschwerden, denn er enthält die Wirkstoffe in schwankender Menge. Deshalb bevorzugt man die fertigen Zubereitungen aus der Apotheke, die genau dosiert werden können und deshalb oft besser wirken. Zur Selbsthilfe kann das Fachpersonal in der Apotheke beraten.

Die Heilpflanzen können bei Wirbel-Bandscheiben-Schäden nicht nur innerlich verabreicht werden, sondern auch äußerlich, vor allem in Form fertiger Einreibungen. Dadurch erzielt man bessere lokale Durchblutung mit angenehmer Erwärmung, Entkrampfung der Muskulatur und Schmerzlinderung. Die Gels, Salben und flüssige Einreibungen enthalten zum Beispiel Arnika, Pfefferminze oder Rosmarin, zusätzlich oft Salizyl- oder Acetylsalizylsäure zur stärkeren Wirkung gegen die Schmerzen. Bei großflächigen Einreibungen mit salizylsäure- oder acetylsalizylsäurehaltigen Arzneimitteln ist Vorsicht geboten, da diese Wirkstoffe durch die Haut in den Körper gelangen und unter Umständen Nebenwirkungen wie bei innerlicher Anwendung verursachen.

Als Alternative eignen sich pflanzliche Öle und Tinkturen zur Einreibung, vor allem Arnikatinktur und japanisches Pfefferminzöl. Sie werden in der Regel bis zu 4-mal täglich angewendet.

Überdies können Heilpflanzen noch als Zusatz zu Bädern, Auflagen und Wickeln gebraucht werden. Darüber berichten wir bei den Kneippschen Wasseranwendungen (s. S. 163 ff.) ausführlich.

Homöopathische Wirkstoffe

Die Homöopathie, vor gut 200 Jahren begründet, ist aus der modernen Naturmedizin nicht mehr wegzudenken. Auch die Schulmedizin lehnt sie nicht mehr so rigide ab, gerade jüngere

Ärzte arbeiten zum Teil schon mit homöopathischen Zubereitungen. Wirksamkeit und Verträglichkeit dieses Heilverfahrens lassen sich eben nicht mehr ignorieren, obwohl sie wissenschaftlich noch nicht genau erklärbar ist.

Es führte zu weit, hier die Homöopathie ausführlich darzustellen. Dazu gibt es genügend einschlägige Literatur*. Nach dem Grundprinzip »Ähnliches möge mit Ähnlichem behandelt werden« verwendet die Homöopathie pflanzliche, tierische, mineralische und teils auch chemische Wirkstoffe in hohen Verdünnungen (Potenzen). Unverdünnt rufen diese Stoffe bei Gesunden typische Symptome hervor. Gegen die ähnlichen Symptome bei Kranken hilft der verdünnte Wirkstoff, indem er gezielt die Abwehr- und Selbstheilungsregulationen des Körpers aktiviert. Das lindert nicht allein die Beschwerden, sondern überwindet häufig auch die Krankheitsursachen.

Ein weiterer wichtiger Vorzug der Homöopathie besteht darin, dass die potenzierten Wirkstoffe auch bei Langzeit-/Dauertherapie nicht zu unerwünschten Nebenwirkungen führen. Es kann lediglich zur vorübergehenden Erstverschlimmerung der bestehenden Symptome kommen, ein Zeichen dafür, dass der Körper den Kampf gegen die Krankheit aufgenommen hat. Trotz guter Verträglichkeit und Wirksamkeit eignet sich die Homöopathie kaum zur Selbsthilfe. Während die üblichen Medikamente den meisten Patienten mit vergleichbaren Krankheiten helfen (z. B. ein Nasenspray für alle mit Schnupfen), kennt die Homöopathie keine derartige schematische Verordnung. In

---

* Zur ausführlichen Information verweisen wir auf das im Jopp/Oesch Verlag erschienene Buch »Klassische Homöopathie« von Josef Rau.

der Regel stehen für die meisten Krankheiten mehrere Wirkstoffe zur Auswahl.

Das erlaubt eine sehr genau auf den einzelnen Patienten zugeschnittene Behandlung, die neben der individuellen Symptomatik unter anderem auch noch die Persönlichkeit und Lebensumstände eines Patienten berücksichtigt. Überdies müssen die unterschiedlichen Reaktionen der einzelnen Patienten im Verlauf der Therapie beachtet werden, um bei Bedarf andere Wirkstoffe einzusetzen.

Diese Besonderheiten der Homöopathie verlangen eine fundierte Spezialausbildung. Der medizinische Laie könnte das individuell richtige Mittel allenfalls zufällig finden. Das Risiko, dass die Selbsthilfe nur unzulänglich wirkt, kann man nur bei einfachen Erkrankungen eingehen, in allen anderen Fällen muss die Homöopathie individuell vom Therapeuten verordnet werden.

Als Alternative zu dieser klassischen Homöopathie entwickelte man die Komplexhomöopathie. Sie sucht nicht lange nach dem für den einzelnen Patienten »maßgeschneiderten« Wirkstoff, sondern verwendet einen Wirkstoffkomplex; in dem sich mehrere Substanzen befinden, die sich bei bestimmten Krankheiten gut bewähren. Es kommt nicht selten vor, dass sich darunter auch der individuell genau richtige Wirkstoff befindet, den die klassische Homöopathie ebenfalls gefunden hätte. Aber auch wenn dieser Idealfall nicht eintritt, ergänzen sich die verschiedenen Arzneistoffe in ihren Wirkungen und helfen meist zufrieden stellend bis sehr gut.

Die klassische Homöopathie ist zweifellos die »elegantere« Heilmethode für Könner, die Komplexhomöopathie hingegen kann rascher wirken. Es muss im Einzelfall abgewogen werden, welche Therapievariante angezeigt ist. Die Vertreter der klassischen Homöopathie lehnen die Komplexe mehr oder minder streng ab, weil sie nicht der »reinen Lehre« entsprechen, in der Praxis bewähren sie sich trotzdem immer wieder gut.

Da homöopathische Komplexe als Fertigarzneimittel rezeptfrei in der Apotheke erhältlich sind, eignen sie sich bei leichteren Erkrankungen auch zum Selbsthilfeversuch. Schlägt der fehl, kann immer noch klassisch-individuell behandelt werden. Über geeignete Komplexmittel berät das Fachpersonal in der Apotheke.

Einzelne homöopathische Wirkstoffe gegen Wirbel-Bandscheiben-Schäden können hier naturgemäß nicht angegeben werden. Der Therapeut kann bei fast allen Erkrankungen aus mehreren geeigneten Arzneistoffen den auswählen, der dem Patienten vermutlich am besten hilft.

Enzymtherapie

Die Enzyme sind als »Biokatalysatoren« an zahlreichen Lebensfunktionen beteiligt. Ohne ihre Anwesenheit könnten viele biochemische Reaktionen nicht oder nicht im richtigen Tempo ablaufen. Es ist daher durchaus berechtigt, die Enzyme ebenfalls den lebenswichtigen Vitalstoffen zuzurechnen.

Den größten Teil der Eiweißstoffe stellt der Körper selbst her, von außen werden sie mit der Nahrung zugeführt. Normalerweise genügt das, um den Bedarf an Enzymen für die vielen Aufgaben zu decken. Aber die Enzyme leisten noch mehr, sie können auch zur Therapie vieler Krankheiten eingesetzt werden.

Am bekanntesten sind wohl die Verdauungsenzyme, die bei verschiedenen Erkrankungen des Verdauungssystems (z. B. an der Bauchspeicheldrüse) verabreicht werden. Noch nicht so gebräuchlich sind die Enzyme bei Schmerzen und Entzündungen im Bereich der Wirbelsäule, obwohl sie auch dabei gute Dienste leisten. Indirekt tragen sie zur Linderung der Schmerzen bei, unmittelbar können sie Entzündungen beeinflussen. Die Wirkungsweise der Enzyme muss hier nicht näher erklärt werden. Unter anderem bauen sie geschädigtes Gewebe ab, um Raum für die Regeneration zu schaffen.

Zur Behandlung verwendet man Enzyme innerlich als Tabletten und äußerlich als Salbe. In vielen Fällen empfiehlt sich die kombinierte Therapie von innen und außen, das verbessert die Wirksamkeit. Eine Spezialtherapie, bei der Enzyme in den Wirbelkanal injiziert werden, stellen wir bei der minimal-invasiven Chirurgie (s. S. 126) vor.

Als Wirkstoffe, die der Körper auch selbst herstellt, sind Enzyme im Allgemeinen gut verträglich. Bei Allergikern können die Eiweißstoffe allerdings zu Überreaktionen führen, die Behandlung muss dann abgebrochen werden. Manchmal treten leichte Verdauungsbeschwerden und Durchfall als Nebenwirkung auf, die aber meist in Kauf genommen werden können.

Schließlich wirken sich die Enzyme auch auf die Blutgerinnung aus, sodass es zur Gerinnungsschwäche mit abnorm langen Blutungen (z. B. bei Verletzungen) kommen kann. Bei Herz-Gefäß-Erkrankungen ist diese Wirkung oft erwünscht, bei Wirbel-Bandscheiben-Schäden kann man sie meist tolerieren. Die Entscheidung, ob Enzyme trotz unerwünschter Begleiterscheinungen angewendet werden dürfen, trifft letztlich immer der Therapeut.

Zellextrakte zur Regeneration

Vor geraumer Zeit geriet die Zelltherapie ins Kreuzfeuer der Kritik, weil es mehrfach zu tödlichen Nebenwirkungen kam. Daraufhin wurden die Anwendungsgebiete stark eingeschränkt. Obwohl nur wenige Todesfälle bekannt wurden, waren diese Vorsichtsmaßnahmen berechtigt und notwendig.

Die Wirkungsweise der klassischen Zelltherapie konnte noch nicht zuverlässig geklärt werden. Deshalb blieb sie stets sehr umstritten. Theoretisch erklärt man die regenerierende Wirkung grob vereinfachend daraus, dass injiziertes Zellmaterial eines bestimmten Organs genau das gleiche Organ im lebenden Körper günstig beeinflusst. Wenn zum Beispiel Leberzellen gespritzt werden, dann soll die Leber des Patienten dadurch zur Selbstheilung angeregt werden.

Überdies sagt man der Zelltherapie eine allgemein regenerierende Wirkung auf den gesamten Organismus nach. Speziell die Thymuszellen werden auch zur gezielten Immunsteigerung verabreicht.

Wenn man nicht zu streng schulmedizinisch urteilt, lassen sich alle diese Wirkungen der injizierten Zellen durchaus nachvollziehen. Vermutlich wirken sie wie eine Reiztherapie, die gezielt körpereigene Selbstheilungskräfte in Gang setzt. Da aber ein gesicherter Beweis dafür fehlt, muss auch dieser Erklärungsversuch noch Spekulation bleiben.

Wegen der Risiken, die mit der Frischzellentherapie verbunden sind, verwendet man heute oft homöopathische Zellzubereitungen. Nach den bisherigen Erfahrungen wirken sie ähnlich gut wie die Frischzellen, erzeugen aber keine ernsteren Nebenwirkungen. Deshalb sollten sie grundsätzlich zur Behandlung vorgezogen werden. Ob diese Methode überhaupt infrage kommt, muss der mit der Behandlung vertraute Mediziner beurteilen. Ein Versuch mit den homöopathischen Zubereitungen lohnt sich oft.

Bei Wirbel-Bandscheiben-Schäden kann die homöopathische Zelltherapie eine teilweise Regeneration erreichen. Dazu werden die Zellzubereitungen kurmäßig längere Zeit injiziert. Zum Teil enthalten die Medikamente außer Zellen auch noch andere homöopathische Wirkstoffe, die ebenfalls regenerierend wirken. Das bedeutet also eine Komplexhomöopathie auf der Grundlage potenzierter Zellextrakte.

Zu hohe Hoffnungen darf man in diese Therapie aber nicht setzen. Auch nach längerer Behandlung muss es nicht zur Besserung kommen, manche Schäden lassen sich eben nicht mehr regenerieren. Je früher die Therapie beginnt, desto günstiger stehen im Allgemeinen die Chancen, eine gute bis zufrieden stellende Wirkung zu erzielen.

Chirurgische Behandlung

Operationen an der Wirbelsäule werden am häufigsten beim Bandscheibenvorfall durchgeführt. Es ist noch nicht lange her, da operierte man fast jeden Vorfall, insbesondere bei Ischiasschmerzen. Die Resultate blieben jedoch unbefriedigend, nicht selten erzielte man nicht nur keine Besserung, sondern der Zustand des Patienten verschlechterte sich sogar noch.

Obwohl inzwischen nicht mehr so rasch zum Skalpell gegriffen wird, beurteilen kritische Fachleute noch immer bis zu 80 % aller Bandscheibenoperationen als überflüssig. Das bedeutet, allein in Deutschland setzen sich Jahr für Jahr etwa 80 000 Menschen unnötig den Risiken einer Operation aus, von den überflüssigen Kosten ganz zu schweigen.

Eine sofortige Operation ist praktisch nur dann erforderlich, wenn es zu Lähmungen kommt. Dann muss der »eingeklemmte« Nerv innerhalb weniger Stunden chirurgisch entlastet werden, sonst bleibt die Lähmung bestehen.

Als weitere Indikation der Operation gelten starke chronische Schmerzen, die auf konservative Behandlung nicht mehr ausreichend ansprechen. In solchen Fällen wird aber meist der Patient selbst irgendwann, wenn er es nicht mehr länger aushält, nach den Chancen eines chirurgischen Eingriffs fragen.

Man darf bei dieser Problematik auch nicht übersehen, dass die Operation die eigentlichen Ursachen eines Bandscheibenschadens meist nicht beseitigen kann. So lassen sich beispielsweise Alterung oder Überlastung des Bandscheibengewebes durch eine Operation nicht beseitigen. Auch nach dem gelungenen Eingriff drohen in absehbarer Zeit an anderer Stelle erneut Beschwerden.

Auch bei Verkrümmungen der Wirbelsäule lässt sich eine Operation manchmal nicht umgehen. Auf diese spezielle Technik muss hier nicht weiter eingegangen werden, wir beschränken uns auf den häufigen Vorfall der Bandscheibe.

Standardoperationen

Das Ziel der Bandscheibenoperation besteht darin, die Schmerzfreiheit und Beweglichkeit so gut wie möglich herzustellen. Vor einiger Zeit war dazu noch eine größere, entsprechend stärker belastende Operation notwendig. Inzwischen operiert man möglichst durch kleine Hautschnitte mithilfe von Lupen und Mikroskopen. So hält man die Schädigung des Gewebes und das Risiko des Eingriffs geringer.

Bei der Standardoperation wird nicht die gesamte Bandscheibe entfernt. Vielmehr schneidet man sie ein, um das gelöste und zerstörte Gewebe auszuräumen oder abzusaugen, der Rest bleibt erhalten. Die zurückbleibende Bandscheibe vernarbt und wird meist etwas schmaler, aber das schränkt die Funktionsfähigkeit nicht nennenswert ein.

In schweren Fällen, wenn diese Operation nichts mehr bewirkt und unerträgliche chronische Schmerzen bestehen, kommt nur noch die chirurgische Versteifung des erkrankten Abschnitts der Wirbelsäule in Betracht. Dazu gibt es verschiedene Operationstechniken, die der Chirurg dem Patienten erläutern wird. Naturgemäß bedeutet die Versteifung unterschiedlich schwere Funktionseinschränkungen, deshalb muss dieser Eingriff sorgfältig erwogen werden. Bei gelungener Operation sollten die Schmerzen weitgehend oder völlig verschwunden sein. Die Befreiung von quälenden Schmerzen, die nicht selten jahrzehntelang ertragen wurden, »entschädigt« den Patienten für die eingeschränkte Funktionsfähigkeit der Wirbelsäule. Zum Teil führt man die Standardoperationen heute bereits ambulant durch. Ansonsten dauert der Klinikaufenthalt etwa 7–10 Tage.

Bei der Nachbehandlung steht die spezielle Stabilisierungsgymnastik im Vordergrund. Sie sorgt dafür, dass der Patient bald wieder ein weitgehend normales Leben führen kann. Die Übungen dazu müssen nach fachlicher Anleitung erlernt werden, deshalb erübrigt sich hier eine genauere Beschreibung.

Deutliche Schmerzlinderung oder Schmerzfreiheit kann die Operation nicht versprechen. Nicht wenige Patienten leiden auch nach erfolgreichem Eingriff noch an stärkeren Schmerzen, wenn nicht gar an schlimmeren Beschwerden als vor der Operation. Hinzu kommen beispielsweise noch Störungen des Tastsinns, Temperaturmissempfindungen (oft Kältegefühl) und Muskelschwäche. Die Ursachen dieser Phänomene lassen sich nicht immer genau erklären, oft liegen wohl chronische Schädigungen der lange Zeit eingeengten Nerven zugrunde.

Manchmal ist in solchen Fällen eine Nachoperation erfolgreich, oft muss man aber versuchen, durch konservative Therapie den Zustand allmählich doch noch zu verbessern.

Da die Operation nicht die Grundursachen des Bandscheibenvorfalls beseitigt, drohen auch nach längerer Besserung unter Umständen Rückfälle. So kommt es zum Beispiel vor, dass der nicht entfernte Rest der Bandscheibe wieder Beschwerden verursacht. Oder es kommt zum Vorfall einer benachbarten Bandscheibe, vielleicht aber auch einer, die sich weit entfernt vom Ort der ersten Operation befindet. Innerhalb gewisser Grenzen kann dem durch Sport, Gymnastik und die anderen, später noch beschriebenen Maßnahmen vorgebeugt werden, aber das muss lebenslang geschehen. Eine weitere Operation ist nicht uneingeschränkt zu empfehlen, denn es kann immer wieder zu störenden Vernarbungen kommen. Außerdem bildet jede Operationsnarbe ein Störfeld, das gleichfalls erhebliche Symptome verursachen kann. Die weitere Operation muss also sehr sorgfältig bedacht werden. Notfalls kann es erforderlich werden, die betroffenen Anteile der Wirbelsäule dauerhaft zu versteifen und die damit verbundenen Funktionseinschränkungen als kleineres Übel hinzunehmen.

Besonders nach einer langen »Schmerzkarriere« wies die moderne Schmerzforschung bei vielen Patienten eine Art Schmerzgedächtnis nach. Das bedeutet, der Schmerz hat sich im Lauf der Zeit verselbstständigt und zu Veränderungen an Nerven geführt, die auch nach erfolgreicher Operation die Schmerzen fortbestehen lassen. Es fällt schwer, diese »Erinnerung« an die Schmerzen wieder rückgängig zu machen. Unter anderem versucht man es mit Morphinen, die unmittelbar in die betroffenen Nerven injiziert werden, aber das hilft nicht immer.

Schließlich darf man nicht vergessen, dass bei Rückenschmerzen oft eine seelische Komponente besteht und der lange ertragene Schmerz das Seelenleben deutlich beeinflusst. Es kommt deshalb vor, dass seelisch verursachte Schmerzen auch nach gelungenem Eingriff fortbestehen. Dann kann eine begleitende Psychotherapie angezeigt sein.

Von maßgeblicher Bedeutung für den anhaltenden Erfolg der chirurgischen Therapie ist auch das richtige Verhalten nach der Operation. Es versteht sich von selbst, dass zu starke Belastungen der Wirbelsäule künftig vermieden werden müssen, z. B. Sportarten wie Gewichtheben oder Turnen, Anheben schwerer Lasten, aber auch zu langes Sitzen vor allem in tiefen, weichen Sesseln oder längere Autofahrten.

Aber das bedeutet keinesfalls, dass der Patient nun körperlich inaktiv bleiben soll, das wäre grundverkehrt. Das Muskelkorsett der Rückens muss trainiert werden, damit es die Wirbelsäule bei ihren Funktionen unterstützt und entlastet.

Dazu eignet sich zunächst die Krankengymnastik, die oft schon in der Klinik eingeleitet wird. In den ersten 6–8 Wochen nach der Operation soll sich das Bewegungsprogramm darauf beschränken.

Später, wenn das Muskelkorsett kräftiger geworden ist, können die meisten Sportarten wieder ausgeübt werden. Als besonders günstig gilt Schwimmen, weil der Auftrieb des Wassers die Belastung der Wirbelsäule vermindert; allerdings muss der Therapeut befragt werden, welcher Schwimmstil sich eignet.

Ferner eignen sich vor allem noch Spazierengehen in flottem Tempo und Radfahren mit einem gut gefederten Sattel in richtiger Körperhaltung auf guten Fahrwegen.

Die Sexualität muss nach der Bandscheibenoperation kein Problem werden, wie Patienten zum Teil befürchten. Ein kräftiges Muskelkorsett schafft auch dafür die besten Voraussetzungen. In den ersten Monaten muss noch etwas Zurückhaltung geübt werden, bis sich die Muskulatur gut genug gekräftigt hat, danach gibt es praktisch keine Einschränkungen mehr für das Sexualleben. Probleme erklären sich meist aus den negativen Vorstellungen und Erwartungen der Betroffenen. Wenn sie befürchten, beim Sex zu »versagen«, kommt es fast zwangsläufig dazu ... und diese scheinbare Bestätigung verschlimmert die negativen Erwartungen. Aus diesem Teufelskreis hilft manchmal nur eine Psychotherapie.

Wer beruflich viel mit dem Auto unterwegs ist, sollte die Kosten für den Einbau eines speziellen orthopädischen Fahrersitzes nicht scheuen. Längere Fahrten auf den üblichen Autositzen belasten die Wirbelsäule erheblich. Zu überlegen ist aber auch, ob ein Beruf, bei dem die Wirbelsäule ständig fehl- und überbelastet wird, aufgegeben werden soll. Vielleicht bietet sich im bisherigen Betrieb die Möglichkeit, eine weniger belastende Tätigkeit auszuüben. Andernfalls empfiehlt sich oft die Umschulung für einen besser geeigneten Beruf.

Im Einzelfall gibt es sicher noch das eine oder andere Prob-

> Am besten versucht man, nach der Operation wieder ein weitgehend »normales« Leben zu führen, dabei allerdings nicht die früheren Fehler (wie Bewegungsmangel, Fehlernährung, Übergewicht) zu wiederholen. Die Erfahrung, dass man wieder aktiv und (hoffentlich) schmerzärmer/schmerzfrei am Leben teilhaben kann, trägt viel mit zur dauernden Besserung bei.

lem, das hier nicht mehr angesprochen werden kann. Grundsätzlich sollte darüber immer zuerst mit dem Therapeuten gesprochen werden. Er kann zwar nicht immer direkt helfen, aber auf die verschiedenen Hilfsangebote aufmerksam machen.

Das Leben nach einer Bandscheibenoperation sollte so unbelastet wie möglich gestaltet werden, damit sich der Patient nicht als Außenseiter erlebt. Das könnte psychisch schwer belasten und durch psychosomatische Reaktionen die Beschwerden trotz erfolgreicher Operation weiterhin erhalten. Andererseits wäre es aber ebenso grundfalsch, den Patienten in einem »Schonraum« von allen Aufgaben und Sorgen des Alltags fern zu halten. Das führte auch zum Gefühl, ein wenig nützlicher Außenseiter zu sein.

Minimal-invasive Chirurgie

Bei den Standardoperationen wurde bereits erwähnt, dass man heute versucht, mithilfe von Operationslupen und -mikroskopen die unvermeidliche chirurgische Schädigung des Gewebes so gering wie möglich zu halten. Weil dabei meist nur noch kleine Hautschnitte notwendig sind, spricht man auch von »Schlüsselloch-/Knopflochchirurgie«. Sie gehört bereits zu den minimal-invasiven Techniken.

Es gibt aber noch einige andere Verfahren, die den Patienten kaum noch belasten und mindestens ebenso gut wie die klassischen Operationstechniken helfen. Zu den wichtigsten gehören:

- *Wirbelsäulen-Katheter-Therapie,* bei der unter örtlicher Betäubung ein dünner Kunststoffschlauch mit Edelstahlspitze beim Steißbein in den Wirbelkanal eingeführt wird; die Spitze schiebt man genau zu der durch einen Bandscheibenvorfall eingeengten Nervenwurzel und injiziert hier Enzyme. Im Allgemeinen dauert es etwa 3 Tage, bis die Bandscheibe schrumpft, Entzündungen und die Einengung der Nervenwurzel sich zurückbilden und der Schmerz verschwindet. Die Erfolgsquote soll bei über 80 % liegen. Eine Kontraindikation besteht vor allem bei Allergikern, die auf das Eiweiß der Enzyme überempfindlich reagieren können.
- *Hitze-Sonde-(Thermo-)Therapie* mit einer sehr feinen Sonde, die zur schmerzenden Nervenfaser geleitet wird; dort erhitzt man sie auf 70 Grad, um die Nervenreizleitung zu unterbrechen, die Schmerzen verschwinden. Allerdings wirkt dieses Verfahren nicht so umfassend wie die oben beschriebene Kathetertherapie. Es kommt vor allem bei chronischen Rückenschmerzen durch Arthrose der Wirbelgelenke infrage.
- *Laserfasertherapie* mit einer lichtleitenden Faser, die zur Vorwölbung einer Bandscheibe geführt wird; hier schaltet man das Laserlicht ein, damit das vorgewölbte Gewebe der Band-

scheibe schrumpft und außerdem die Weiterleitung von Schmerzreizen ans Gehirn unterbrochen wird.

Alle drei minimal-invasiven, den Patienten wenig belastenden Eingriffe sind hochwirksam und der üblichen Bandscheibenoperation oft überlegen. Etwa 80 % aller herkömmlichen Operationen könnten dadurch ersetzt werden. In der Praxis werden diese Verfahren bisher leider viel zu selten eingesetzt.

Das neue »dynamische Implantat«

Die Standardoperationen an der Wirbelsäule, insbesondere die Versteifung des instabilen Abschnitts, führen auf längere Sicht oft zu unbefriedigenden Ergebnissen. Die minimal-invasive Chirurgie steht ebenfalls vor dem Problem, dass sie die eigentlichen Ursachen meist nicht beheben kann, sodass Rückfälle drohen.

Die Ergebnisse der konservativen Behandlung fallen meist nicht schlecht aus, aber das erfordert ein umfangreiches Therapieprogramm, das lange Zeit (lebenslang) durchgehalten werden muss. Dazu sind längst nicht alle Patienten bereit, mit der Besserung der Symptome schwindet oft ihre Motivation zur Weiterbehandlung. Daher sind Rückfälle fast schon vorprogrammiert.

Aus dieser Misere könnte ein neu entwickeltes Implantat heraushelfen: *Dynamic Neutralization System for the Spin* (= bewegliches Stabilisierungssystem für die Wirbelsäule), kurz *Dynesis* genannt. Es ähnelt dem Stoßdämpfer eines Autos und funktioniert im Prinzip auch ähnlich.

Kernstück des Implantats ist der zylinderförmige Distanzhalter. Er wird mit Titanschrauben an den Wirbelkörpern befestigt und sorgt dafür, dass sie in ihrer normalen Stellung fixiert werden. Ein elastisches Kunststoffband verhindert die übermäßige Beugung. Dynesis versteift also nicht den betroffenen Abschnitt der Wirbelsäule, sondern hält die Wirbel dauerhaft in optimaler Stellung, ohne die Beweglichkeit einzuschränken. Die Bandscheiben und kleinen Wirbelgelenke werden so deutlich entlastet, Schmerzen und Verspannungen gelindert und die weitere Degeneration aufgehalten.

Die bisherigen Erfahrungen, die unter anderem an der renommierten Berliner Universitätsklinik Charité gesammelt wurden, sind mehr als ermutigend: 85 % der Patienten, denen Dynesis implantiert wurde, litten danach an keinen Beschwerden mehr. Schon am ersten Tag können sie wieder aufstehen und das Implantat belasten, insgesamt dauert der Klinikaufenthalt nur etwa 6 Tage.

Das neue Implantat kann vor allem den Menschen, denen nur noch mit einer Versteifung der Wirbelsäule zu helfen wäre, diese dauernde deutliche Funktionseinschränkung ersparen. Natürlich kann Dynesis auch schon in weniger schweren Stadien der Bandscheibenschädigung eingesetzt werden. Der Eingriff wird im Allgemeinen gut vertragen.

Leider eignet sich das Implantat nicht für alle Bandscheibenkranken. Wenn bereits Lähmungen auftraten, die Bandscheiben völlig »verschlissen« sind und/oder die kleinen Wirbelgelenke miteinander verwachsen, kann auch Dynesis nichts mehr bewirken. Bei rechtzeitiger und konsequenter Therapie muss es aber nicht so weit kommen.

Bandscheibenprothesen noch unbefriedigend

Viele unheilbar geschädigte Gelenke können heute durch Implantate ersetzt werden. Das führt zur Beschwerdefreiheit und stellt die Beweglichkeit wieder her. Deshalb scheint die Frage berechtigt, weshalb man nicht auch die nicht mehr zu regenerierenden Bandscheiben durch Implantate ersetzt.

Die Antwort darauf ist einfach: Bandscheibenprothesen gibt es bereits seit über 15 Jahren, aber sie können noch nicht zufrieden stellen. Es fällt offenbar schwer, die Bandscheiben vollwertig zu ersetzen. So unscheinbar sie auch aussehen mögen, arbeiten sie doch hoch spezialisiert und zu kompliziert, um gleichwertig nachgebildet zu werden. Vor allem Haltbarkeit und Funktionsfähigkeit der Implantate lassen bisher noch viel zu wünschen übrig.

Im Vergleich zum oben beschriebenen dynamischen Implantat liegt die Erfolgsquote bei Bandscheibenprothesen relativ niedrig: Nur bei etwa 50 % der Patienten, denen man eine solche Prothese implantiert, wird Beschwerdefreiheit oder zumindest anhaltende Besserung der Symptomatik erzielt. Bei der anderen Hälfte der Betroffenen ist keine ausreichende Wirkung zu beobachten.

Sicher wird es irgendwann gelingen, eine vollwertige Prothese für verschlissene Bandscheiben zu entwickeln, die dem größten Teil der Patienten gut genug hilft. Vielleicht führen die umstrittenen Stammzellen, aus denen man alle Körpergewebe züchten könnte, zum entscheidenden Durchbruch. Theoretisch könnte man mit ihrer Hilfe voll funktionsfähige und belastbare Bandscheiben produzieren. Ob und wann das gelingt, lässt sich allerdings noch nicht absehen.

Gymnastik stärkt das »Muskelkorsett«

Jede Therapie der Wirbel-Bandscheiben-Schäden bleibt Stückwerk ohne begleitende Bewegungsübungen. Nur ein belastbares, kräftiges »Muskelkorsett« gibt der Wirbelsäule die Unterstützung, die sie für gute Haltung und richtige Bewegungsabläufe unbedingt benötigt.

Falsch durchgeführte Bewegungstherapie kann aber noch weitere Schäden anrichten. Deshalb ist es unverzichtbar, die Krankengymnastik und später das erweiterte Gymnastikprogramm unter fachlicher Anleitung zu erlernen und zu Hause korrekt zu absolvieren.

Gymnastik bewirkt allerdings wenig, wenn sie nicht konsequent Tag für Tag durchgeführt wird. Auch wenn keinerlei Beschwerden mehr bestehen, behält man die Übungen bei, am besten ein Leben lang. Es gibt kaum einen wirksameren Schutz vor Rückfällen.

Wirkungsweise der Gymnastik

Das Bewegungsprogramm greift auf unterschiedliche Weise in das Krankheitsgeschehen ein. Bei akuten Beschwerden ist besonders hervorzuheben, dass die Übungen schmerzhafte Verspannungen der Muskulatur lockern. Deshalb kann die Einnahme von Schmerzmitteln oft reduziert werden, wenn man nicht sogar ohne sie auskommt.

Auf längere Sicht sind die folgenden Wirkungen der täglichen Gymnastik von besonderer Bedeutung:

- Kräftigung der Rücken- und Bauchmuskulatur, also der Muskelgruppen, die Wirbel und Bandscheiben entlasten und unterstützen. Je besser die Muskulatur diese Aufgabe erfüllt, desto eher können sich Wirbel und Bandscheiben regenerieren oder zumindest weitere Schädigungen aufgehalten werden.

- Verbesserung der Körperhaltung, die entscheidend mit von der Muskulatur abhängt. Wenn die individuell richtige Haltung wieder erreicht wird, entlastet das die Wirbel und Bandscheiben deutlich, der erhöhte Verschleiß wird verhindert, zumindest eine teilweise Regeneration ist möglich.
- Erhaltung der Beweglichkeit, die ohne regelmäßiges Training bald immer stärker eingeschränkt wird. Gute Beweglichkeit wiederum ist eine Grundvoraussetzung für das tägliche Bewegungsprogramm. Hier ergänzen und verstärken sich also die Wirkungen.
- Schließlich darf die Wirkung des täglichen Bewegungsprogramms auf das Seelenleben nicht vergessen werden. Der Patient, der trotz seiner Rückenschmerzen ein Training absolviert, gewinnt allmählich wieder mehr Selbstbewusstsein; überdies lernt er, künftig mehr auf die Bedürfnisse und Warnzeichen seines Körpers zu achten. Mit der Entlastung von quälenden Schmerzen kann sich auch die häufig depressive Stimmungslage wieder aufhellen. Nicht zuletzt kann die verbesserte Körperhaltung auch noch die seelisch-geistige Haltung indirekt beeinflussen.

Es gibt noch einige andere Auswirkungen der Bewegungstherapie, die dem Patienten das Leben erleichtern, beispielsweise beim Abbau von belastendem Übergewicht. Durch den vermehrten Kalorienverbrauch beim Training und durch Anregung des Stoffwechsels kann das Gewicht reduziert werden, eine Diät wird dadurch aber nicht überflüssig.

Diese zusätzlichen Wirkungen müssen nicht mehr genauer beschrieben werden. Allein die oben angeführten Hauptwirkungen verdeutlichen, wie wichtig ergänzende Bewegungstherapie bei Wirbel-Bandscheiben-Schäden ist.

Die einzelnen Übungsgruppen

Regelmäßige Gymnastik erzielt immer eine Wirkung, gleichgültig welche Übungen durchgeführt werden. Entscheidend für die Wirksamkeit ist grundsätzlich nur, dass jeden Tag mindestens 2-mal geübt wird, am besten morgens gleich nach dem Aufstehen und am Abend vor dem Schlafengehen. Im Lauf des Tages sollten noch kurze Übungen eingeschoben werden, um Fehl- und Zwangshaltungen wieder auszugleichen; das richtet sich nach den individuellen Bedürfnissen und Möglichkeiten.

Gymnastik, die nicht korrekt absolviert wird, kann erheblich schaden. Besonders schwer wiegend wirkt sich oft aus, wenn Ungeübte versuchen, gleich das gesamte Trainingsprogramm durchzuführen, das überfordert unweigerlich. Erst wenn durch kürzeres, regelmäßiges Training mit einfacheren Übungen die Beweglichkeit und Leistungsfähigkeit ausreichend gebessert wurde, darf das Training schrittweise verlängert und durch schwierigere Übungen ergänzt werden.

Die Bewegungsabläufe beim Training sollen langsam und fließend sein, also nicht zu rasch oder ruckartig. Wenn eine Übung Schmerzen verursacht, verzichtet man darauf, bis sich die Leistungsfähigkeit verbessert hat.

Keinesfalls darf man versuchen, die exakte Durchführung einzelner Übungen zu erzwingen. Das gelingt im Allgemeinen nicht, erhöht aber das Risiko von Verletzungen und weiteren Bandscheiben-Wirbel-Schädigungen.

Um die Wirbelsäule gezielt zu beeinflussen, soll das tägliche Bewegungsprogramm aus 3 Übungsgruppen bestehen, erst das gewährleistet eine umfassende Wirkung. Da das individuelle Training stets unter fachlicher Anleitung erlernt werden muss, soll hier kein vollständiges Programm vorgestellt werden. Einige Beispiele zu jeder Übungsgruppe genügen, um zu veranschaulichen, worauf es dabei ankommt.

Stabilisierung der Wirbelsäule

Die Stabilisierung der Wirbelsäule sorgt dafür, dass sie gut funktioniert und keines ihrer Teile zum Beispiel bei Bewegungen und Belastungen verschoben wird. Grundsätzlich kann man die Übungen zwar auf den Abschnitt der Wirbelsäule beschränken, der instabil ist (beispielsweise durch einen Bandscheibenvorfall), besser wirkt das Training aber, wenn die gesamte Wirbelsäule stabilisiert wird.

Einige Übungsbeispiele veranschaulichen nun, wie man das Stabilisierungstraining durchführt. Ob diese Übungen tatsächlich verwendet werden oder im Einzelfall andere besser geeignet sind, muss mit dem Therapeuten besprochen werden. Er sollte anfangs möglichst überwachen, ob das Training korrekt absolviert wird, denn Fehler können die Beschwerden deutlich verschlimmern.

Sinnvoll ist es oft, in einer Gruppe unter fachlicher Anleitung zu trainieren. Inzwischen gibt es genügend solcher »Rückenschulen«, unter anderem an Volkshochschulen und auf Initiative von Krankenkassen.

Abgesehen vom richtigen körperlichen Training wirkt das gemeinsame Training auch wie eine Art Gruppenpsychotherapie, ist also der reinen Gymnastik überlegen.

Übung 1

Die Hände im Nacken verschränken und die Halswirbelsäule etwa 5 Sekunden lang fest gegen die Handflächen drücken, dann die Spannung wieder lockern; bei jedem Training wird die Übung 5- bis 10-mal nacheinander absolviert.

Übung 2

Im Stehen oder Sitzen 5-mal mit den Schultern zucken, um sie zu lockern.

Dann beide Schultern nach hinten ziehen, wobei sich der Brustkorb vorwölbt, 5 Sekunden die Spannung halten und dann wieder lockern, insgesamt 5- bis 10-mal hintereinander.

Diese Übung kann auch im Tagesverlauf zwischendurch zur Ausgleichsgymnastik durchgeführt werden.

Übung 3

Auf den Boden knien, der Oberkörper bleibt aufgerichtet, die Arme hängen seitlich locker herab. Das Gesäß langsam nach unten Richtung Fersen bewegen, diese aber nicht berühren, sondern knapp darüber bleiben; nach 5 Sekunden in dieser Haltung wieder aufrichten.

Insgesamt 5-mal hintereinander.

Übung 4

Den Oberkörper mit dem Bauch nach unten auf einen Tisch legen, mit den Händen seitlich an den Tischkanten festhalten.

Die Beine gleichzeitig anheben, bis sie sich in Höhe der Tischplatte befinden, 5 Sekunden so bleiben und in die Ausgangsstellung zurückkehren; die Übung insgesamt 5-mal hintereinander durchführen.

Übung 5

Auf den Bauch legen, die Arme nach oben neben den Kopf führen, die Beine leicht gespreizt ausstrecken (kommt es dabei zu Rückenschmerzen, polstert man den Bauch mit einem Kissen ab).

Das rechte Bein anwinkeln und die Ferse so nah wie möglich zum Gesäß führen, das linke Bein gestreckt etwa 10 cm anheben, den Kopf heben und nach rechts wenden.

Nach 5 Sekunden in die Ausgangsstellung zurückkehren, insgesamt 5-mal nacheinander durchführen. Dann sinngemäß das linke Bein anwinkeln, das rechte gestreckt anheben und den Kopf nach links wenden, ebenfalls 5-mal.

Übung 6

Auf den vorderen Teil eines Stuhls setzen, Oberkörper aufgerichtet, Arme seitlich locker herabhängend, Füße fest auf dem Boden.

Beim Einatmen die Füße gegen den Boden drücken und den Rücken nach oben strecken, als ob man der Decke entgegenwächst; beim Ausatmen den Druck der Füße abschwächen und den Rücken lockern, bis man in die Ausgangsstellung zurückgekehrt ist.

Geübt wird insgesamt 10-mal hintereinander.

Übung 7

Wie bei Übung 6 auf den Stuhl setzen, die Beine gespreizt.

Die Arme nach oben heben und den Oberkörper möglichst weit

nach vorne zwischen die Beine beugen, wobei die Handflächen oder zumindest die Fingerspitzen den Boden berühren sollen.

In die Ausgangsstellung zurückkehren.

Insgesamt 10-mal nacheinander üben.

Übung 8

Eine Gymnastikmatte oder ähnliche Unterlage auf den Boden legen, mit Handflächen und Knien darauf niederlassen.

Den rechten Arm und das linke Bein waagrecht anheben, 5 Sekunden warten, in die Ausgangsstellung zurückkehren.

Insgesamt 5-mal durchführen.

Danach den linken Arm und das rechte Bein anheben, ebenfalls 5-mal hintereinander üben. (Vorsicht! Bei Gleichgewichtsstörungen muss unter Umständen auf diese Übung verzichtet werden.)

Übung 9

Aufrecht stehen, die Arme hängen seitlich locker herab.

Den rechten Arm senkrecht nach oben ausstrecken, die linke Hand in die Hüfte stützen und den rechten Arm so abwinkeln, dass die Hand die rechte Schulter berührt; gleichzeitig das linke Bein waagrecht anheben und den Unterschenkel locker nach unten hängen lassen.

In die Grundstellung zurückkehren und insgesamt 5-mal üben.

Dann sinngemäß mit dem linken Arm und dem rechten Bein trainieren, ebenfalls 5-mal nacheinander.

Übung 10

In Bauchlage auf einer Unterlage am Boden liegen, die Hände fest gegen die Leistengegend drücken, die gestreckten Beine aus den Hüftgelenken heraus etwa 10 cm anheben, 5 Sekunden halten und langsam wieder ablegen.

Insgesamt 10-mal üben.

Besserung der Beweglichkeit

Schäden an Wirbeln und Bandscheiben behindern die Beweglichkeit oft erheblich bis hin zur Versteifung mit weitgehendem Funktionsverlust. Dem muss frühzeitig vorgebeugt werden. Die folgenden Beispiele demonstrieren, welche Übungsformen die Beweglichkeit erhalten oder Einschränkungen zumindest teilweise wieder aufheben können.

Anfangs fallen diese Übungen oft besonders schwer, wenn die Bewegungsfähigkeit bereits behindert ist. Das darf nicht dazu verleiten, auf das Training ganz zu verzichten, sonst verschlechtert sich die Beweglichkeit weiter. Man darf aber auch nicht versuchen, die korrekte Ausführung der Übungen gleich zu Anfang zu erzwingen, das kann die Beschwerden verschlimmern und sogar zu weiteren Schädigungen führen.

Richtig und wichtig ist, dass die Übungen zunächst einfach so gut wie möglich absolviert werden, wobei es nicht zu Beschwerden kommen darf. Durch konsequentes Training gelingen die Übungen allmählich immer besser und wirken dann auch deutlicher.

Wenn die Beweglichkeit bereits stark eingeschränkt ist, muss der Zustand zuerst durch fachliche Therapie und Heilgymnastik so weit gebessert werden, dass Übungen wieder möglich sind.

Übung 1

Aufrecht auf einen Stuhl setzen, die Arme hängen seitlich locker herab.

Mehrmals kurz mit den Schultern zucken, damit sie beweglicher werden, dann die Schultern so gut wie möglich nach unten bewegen und gleichzeitig den Kopf nach oben Richtung Decke strecken.

Nach 5 Sekunden zur Ausgangsstellung zurückkehren, insgesamt 5-mal nacheinander durchführen.

(Vorsicht! Bei dieser Übung dürfen keine Nackenschmerzen auftreten, sonst muss darauf verzichtet werden.)

Übung 2

Auf eine Gymnastikmatte oder Decke am Boden legen, die Beine in den Knien aufstellen, die Füße unter einen Schrank (oder ähnliches) schieben, wo sie festen Halt finden sollen.

Die Arme vor der Brust kreuzen, die rechte Hand auf die linke Schulter, die linke Hand auf die rechte Schulter legen und das Kinn nach unten zur Brust drücken. Den Oberkörper 20–30 cm von der Unterlage abheben, 5 Sekunden in dieser Stellung bleiben und langsam wieder auf den Boden legen.

Insgesamt 5-mal hintereinander üben.

Wenn die Übung gut gelingt, verstärkt man die Wirkung, indem die Füße nicht mehr unter dem Schrank verankert werden, sondern ohne zusätzlichen Halt fest auf dem Boden stehen.

Übung 3

Auf einen Stuhl setzen und den Rücken so anlehnen, dass sich die Brustwirbelsäule auf Höhe der oberen Kante der Rückenlehne befindet.

Die Arme vor der Brust kreuzen, die rechte Hand auf die linke Schulter, die linke Hand auf die rechte Schulter legen.

Den Oberkörper langsam über die Rückenlehne so weit wie möglich nach hinten beugen, 5 Sekunden in dieser Stellung bleiben und den Rücken wieder aufrichten.

Insgesamt 5-mal hintereinander.

Übung 4

Flach ausgestreckt auf eine Decke oder andere Unterlage am Boden legen, die Arme locker seitlich neben dem Körper.

Den unteren Rücken zum Hohlkreuz hochwölben, ohne dass sich das Gesäß vom Boden hebt; die Spannung 5 Sekunden halten, dann zurücksinken lassen.

Insgesamt 5- bis 10-mal üben, gut Trainierte bis 20-mal hintereinander.

Übung 5

Auf eine Tischkante setzen, ein Bein hängt locker herab.

Mit diesem Bein 30 Sekunden lang vor- und zurückschwingen, dann 30 Sekunden lang quer vor dem Körper nach rechts und links pendeln.

Anschließend in gleicher Weise mit dem anderen Bein üben.

Entspannende Muskeldehnung

Die Wirbel-Bandscheiben-Schäden führen auch zu Verkrampfungen der Muskulatur. Weil die Schmerzen die Beweglichkeit stark einschränken, werden die Muskeln überdies wenig bewegt, verkürzen sich deshalb und sind geschwächt. Dehnübungen sollen die Muskelfunktionen wieder normalisieren, Verkrampfungen lösen und die Verkürzung rückgängig machen.

Diese Übungen müssen vorsichtig durchgeführt werden, damit sich der Zustand nicht verschlechtert. Vor allem im Bereich der empfindlichen Halswirbelsäule muss zunächst sehr behutsam trainiert werden. Erst durch konsequentes Training gelingen die Übungen immer besser.

Stärkere Schmerzen dürfen bei den Übungen nie auftreten, vor allem keine vom Ort der Übung ausstrahlenden Beschwerden, die auf eine Reizung und Einengung von Nervenwurzeln hinweisen; das könnte schlimmstenfalls mit Lähmungen enden.

Übung 1

Aufrecht auf einen Stuhl setzen, die Arme hängen seitlich locker herab.

Mit der rechten Hand die Kante der Sitzfläche umfassen, den Kopf nach links zur Schulter neigen und gleichzeitig nach rechts drehen; die Spannung 5 Sekunden halten, dann in die Ausgangsstellung zurückkehren.

Insgesamt 5-mal nacheinander üben.

Sinngemäß auf der anderen Körperseite trainieren, wobei die linke Hand die Sitzfläche umfasst, der Kopf sich nach rechts neigt und nach links dreht.

Übung 2

Aufrecht an eine Wand stellen, die Arme hängen locker herab.

Den rechten Arm waagrecht seitlich ausstrecken, den Unterarm senkrecht anheben und die Handfläche an die Wand legen.

Die Spannung 5 Sekunden lang halten, dann die Hand umdrehen und 5 Sekunden lang mit dem Handrücken gegen die Wand drücken.

Insgesamt 5-mal hintereinander.

Danach sinngemäß mit dem linken Arm üben.

Übung 3

Aufrecht vor einen Stuhl stellen, die Hände im Nacken verschränkt.

Das rechte Bein anheben und auf die Stuhlkante stellen, das linke dient als Standbein.

Den Körper langsam etwas nach vorne bewegen, wobei das rechte Bein stärker angewinkelt wird. 5 Sekunden die Spannung halten und in die Ausgangsstellung zurück.

Insgesamt 10-mal nacheinander üben.

Anschließend in gleicher Weise mit dem linken Bein trainieren.

Übung 4

Flach ausgestreckt mit dem Rücken auf eine Decke oder ähnliche Unterlage am Boden legen.

Das rechte Bein anheben und im Knie so beugen, dass der Unterschenkel von unten her mit beiden Händen umfasst werden kann.

Die Muskeln gegen diesen Widerstand 5 Sekunden anspannen, dann lockern und das Bein wieder ablegen.

Insgesamt 5-mal hintereinander üben.

Dann sinngemäß mit dem linken Bein trainieren.

Übung 5

Mit Bauch und Brust an eine Wand lehnen, den rechten Unterschenkel nach hinten ausstrecken und mit der linken Hand den Knöchel umfassen.

5 Sekunden lang die Muskeln gegen den Widerstand der Hand anspannen, dann das Bein wieder auf den Boden stellen.

Insgesamt 5- bis 10-mal nacheinander.
Mit dem linken Unterschenkel in gleicher Weise üben.

Übung 6

Aufrecht an eine Wand stellen, die Arme anheben und die Handflächen an die Mauer legen.

Das rechte Bein nach hinten ausstrecken und den linken Fuß so vom Boden abheben, dass das Körpergewicht auf den Zehenspitzen lastet, dabei an der Wand abstützen.

Nach 5 Sekunden in die Ausgangsstellung zurückkehren.

Insgesamt 5- bis 10-mal nacheinander üben.

Dann in gleicher Weise mit dem linken Bein trainieren.

Diese Beispiele mögen genügen, um zu veranschaulichen, worauf es bei den Übungen ankommt. Wenn der Therapeut oder ein erfahrener Trainer zustimmt, kann aus den oben beschriebenen Gymnastikübungen ein Trainingsprogramm zusammengestellt werden, das alle Anforderungen an umfassend wirkende Übungsgruppen erfüllt.

Nach fachlicher Anleitung können aber auch andere Übungen absolviert werden. Letztlich entscheidet das immer der Therapeut je nach Einzelfall. Seine Verordnung hat stets Vorrang, weil nur er so gut wie möglich dem individuellen Krankheitsbild gerecht werden kann.

Spezielle fachliche Krankengymnastik

Die bisher vorgestellten Übungsgruppen genügen im Allgemeinen zum Dauertraining, können allerdings die spezielle Krankengymnastik nicht vollwertig ersetzen. Diese wird meist bei Wirbel-/Bandscheibenschäden eingesetzt, um die Bewegungstherapie einzuleiten, wenn andere gymnastische Übungen noch nicht möglich sind und/oder nicht ausreichend wirken.

Auch die spezielle Krankengymnastik verbessert die Beweglichkeit, lindert Schmerzen und Verkrampfungen und kräftigt die Muskulatur, damit sie wieder besseren Halt bietet. Die heilgymnastischen Übungen dazu werden individuell je nach Leistungsvermögen ausgewählt. Oft sind zunächst nur passive Übungen möglich, bei denen der Patient selbst keine Bewegungen ausführt, sondern bewegt wird. Dazu gehören spezielle Lagerungen, passive Streck- und Dehnübungen. So bald wie möglich sollen aber die aktiven Übungen beginnen.

Als Heilverfahren wird die Krankengymnastik vom Therapeuten verordnet und nach fachlicher Anleitung bei Krankengymnasten und verwandten Berufen erlernt. Entscheidend kommt es darauf an, dass die Übungen richtig erlernt und später beim häuslichen Training korrekt durchgeführt werden, sonst könnte sich das Krankheitsbild verschlimmern.

Sport zur ergänzenden Therapie

Vom Sport darf man bei Wirbel- und Bandscheibenschäden nicht zu viel erwarten, er wirkt nicht so gezielt wie die Gymnastik. Indirekt kann er aber doch mit zur Besserung beitragen.

Hervorzuheben ist besonders die Kräftigung der Muskulatur, verbesserte Durchblutung und Stoffwechselanregung, vertiefte Atmung mit günstigem Einfluss auf die Brustwirbelsäule und nicht zuletzt das wachsende Selbstvertrauen durch die Erfahrung der eigenen körperlichen Leistungsfähigkeit; Letzteres wirkt sich vor allem bei psychosomatischen Faktoren positiv aus.

Grundsätzlich ungeeignet sind alle Kraft- und Hochleistungssportarten, die oft überfordern und die Wirbel-Bandscheiben-Schäden verschlimmern können. Wichtig ist der Ausdauersport, der das Leistungsvermögen allmählich steigert, aber nicht überlasten kann. Da schon täglich Gymnastik durchgeführt werden soll, genügt es vollauf, 3- bis 4-mal wöchentlich je 30 Minuten (Ungeübte zunächst nur 10–15 Minuten – langsam steigern) Sport zu treiben. Wer aber Freude an der Bewegung findet, sie vielleicht als Hobby betreibt, kann durchaus jeden Tag und auch länger als 30 Minuten trainieren. Das richtet sich immer nach der persönlichen Leistungsfähigkeit, die sich bei regelmäßigem Training allmählich steigert.

Wer schon länger keinen Sport mehr betrieben hat und/oder an Erkrankungen leidet, befragt vor Beginn des Trainings den Therapeuten. Eine Generaluntersuchung wird dann ergeben, was man sich gefahrlos zumuten kann und ob Einschränkungen zu beachten sind. Als gut geeignete Ausdauersportarten gelten vor allem:

- *Flottes Gehen* (etwa 6 km/h) auf guten Wegen ohne starke Steigungen; wer das einige Zeit trainiert, kann problemlos auch längere Wanderungen unternehmen.
- *Joggen* (8–10 km/h), der leichte Dauerlauf, bei dem man nicht außer Atem geraten darf; 3- bis 4-mal wöchentlich 30 Minuten genügen zum Training, wer Spaß daran findet, kann allmählich immer länger laufen.
- *Radfahren* (15–20 km/h) mit einem guten Gelsattel, vielleicht auch mit einem gefederten Sattel und gefederten Gabeln, um

die Bandscheiben zu schonen; auch hier gilt, dass man nach einigem Training längere Radtouren unternehmen kann.

- *Schwimmen,* eine besonders gelenk- und wirbelschonende Sportart, wobei aber der Schwimmstil (Brust-, Rückenschwimmen und ähnliche Formen) dem persönlichen Zustand angemessen sein muss, das bespricht man mit dem Therapeuten; wöchentlich 4-mal 500 m Schwimmen genügen zum Dauertraining als Gesundheitspflege, längere Schwimmstrecken sind für Geübte möglich.

Wenn beim Training Beschwerden auftreten, muss unterbrochen und der Therapeut zugezogen werden. Vielleicht wird es dann nötig, die Sportart zu wechseln oder die Technik zu verfeinern. Es gibt aber kaum eine gesundheitliche Beeinträchtigung, die Sport auf Dauer völlig verbietet.

Manuelle Behandlung durch Massagen

In allen Kulturkreisen entdeckten die Menschen schon früh, dass Manipulationen mit den Händen am Körper vielseitig wirken. Deshalb gibt es die Massagetherapie seit Jahrtausenden. Die klassischen Techniken werden inzwischen durch neu entwickelte oder in altem Wissen wieder gefundene Massageformen erweitert, etwa die Reflexzonentherapie.

Bei Wirbel-Bandscheiben-Schäden erzielt man durch Massagen vor allem Linderung von Schmerzen und Verkrampfungen, dazu noch örtliche Anregung der Durchblutung und des Lymphstroms sowie indirekt eine Steigerung der lokalen Stoffwechselprozesse. Das alles zusammen bewirkt, dass Massagen nicht nur Symptome lindern, sondern überdies auch die Krankheitsursachen günstig beeinflussen können. Meist werden sie ergänzend neben anderen Heilverfahren angewendet, zum Teil aber auch zur alleinigen Therapie.

Grundsätzlich bleibt die Massage speziell ausgebildeten Therapeuten vorbehalten. Man erzielt damit ja nicht nur gute Wirkungen, sondern kann bei falscher Behandlung auch die Beschwerden verschlimmern. Deshalb werden hier keine Massagetechniken zur Selbsthilfe beschrieben. Wenn der Therapeut der Selbstmassage zustimmt, wird sie unter seiner Anleitung erlernt.

Klassische Massagetechniken

Nach wie vor wird bei uns die klassische Massage am häufigsten durchgeführt. In ihrer modernen Form entstand sie im 19. Jahrhundert, unter anderem stark aus Schweden beeinflusst, weshalb man sie auch als *schwedische Massage* kennt. Sie gehört zu den Heilverfahren der Physiotherapie und wird im Allgemeinen vom Physiotherapeuten nach Verordnung des Therapeuten angewendet. Es ist aber auch möglich, unabhängig von fachlicher Verordnung eine Massagetherapie durchführen zu lassen, beispielsweise zur Nachsorge nach überstandenen Wirbel-Bandscheiben-Schäden und zur Vorbeugung von Rückfällen.

Kennzeichnend für die klassische Massage ist die Kombination verschiedener Techniken in einer bestimmten Reihenfolge. Am Anfang steht meist die *Streichmassage,* die vor allem den Blut- und Lymphfluß anregt und leichtere Verspannungen lockert. Dann folgt häufig die *Knetmassage,* die Unterhaut und

Muskeln durchknetet, um Durchblutung, Lymphstrom und Stoffwechsel zu aktivieren.

Im Anschluss daran setzt die klassische Massage meist die *Reibemassage* ein, bei der man mit Fingerkuppen, Daumen oder Handballen über schmerzenden und verspannten Muskelpartien kreist. Insbesondere die Muskeln seitlich der Wirbelsäule sprechen darauf gut an.

Zur besseren Durchblutung und heilsamen Reizung der Nervenenden kann danach die *Klatsch-/Klopfmassage* angewendet werden. Dabei klatscht man mit Handflächen oder Handrücken auf die zu behandelnden Körpergebiete oder klopft mit den Fingerkuppen darauf.

Schließlich kann zum Abschluss die *Vibrationsmassage* verabreicht werden, bei der man mit Fingerkuppen oder Handflächen wellenartige Bewegungen ausführt, die zur Schwingung führen. Auf diese Weise wird das Nervensystem günstig beeinflusst und die Muskulatur gelockert.

Die klassische Massage empfiehlt sich auch zur Lockerung und besseren Durchblutung der Muskulatur vor der Bewegungstherapie. Gymnastische Übungen gelingen danach besser, das Risiko von Schmerzen und Verletzungen vermindert sich.

Sonderformen der Massage

Als Alternative zur klassischen Massage oder zu ihrer Ergänzung eignen sich einige neuere Techniken. Zu den wichtigsten der heute gebräuchlichen Methoden gehören Bindegewebs-, Periost- und Unterwassermassage, im weiteren Sinn auch noch die Lymphdrainage.

Die *Bindegewebsmassage* beruht auf der Erkenntnis, dass innere Krankheiten nicht selten zu Verspannungen am Rücken in den tieferen Schichten des Bindegewebes führen, die man mit den Fingerkuppen spürt, zum Teil auch als Quellungen und Einziehungen der Haut erkennt. Das erklärt sich aus den reflektorischen Beziehungen zwischen Bindegewebe und Organen über das Nervensystem.

Die Spezialmassage erfolgt über den betroffenen Zonen des Bindegewebes am Rücken durch streichende, ziehende und rollende Bewegungen mit den Fingern. Dabei kommt es zunächst zu Schmerzreaktionen, ehe sich die Verspannungen lösen können. Mit dieser Massage gelingt es nicht nur, die Schmerzen im Bindegewebe zu lindern, sie wirkt reflektorisch auch auf erkrankte innere Organe und regt deren Heilung an.

Bei der *Periostmassage* führt man die Manipulationen nicht an der Muskulatur, sondern an der Knochenhaut durch. Damit werden die Knochen und durch reflektorische Fernwirkung auch innere Organe günstig beeinflusst. Bei Wirbel-Bandscheiben-Schäden spielt diese Form der Massage eine untergeordnete Rolle.

Die *Unterwassermassage* wird im warmen Wasser durchgeführt, das Verspannungen lockert und durch den Auftrieb des Wassers die Wirbel, Bandscheiben und Gelenke entlastet. Massiert wird dabei nicht mit den Händen, sondern mit einem kräftigen Wasserstrahl, der unter Wasser auf die zu behandelnden Körperzonen gerichtet wird. Diese Therapie ist nur in einer entsprechend ausgerüsteten Massagepraxis oder medizinischen Badeanstalt möglich.

Als Alternative für den Hausgebrauch kommt unter Umständen ein *Whirlpool* in der Badewanne in Betracht. Auch dabei wird das Wasser unter Druck auf den Körper gestrahlt und übt eine Massagewirkung aus. Vor der Anwendung soll aber der Therapeut befragt werden, denn nicht alle Patienten vertragen diese Therapie.

Im weiteren Sinn gehört auch die *Lymphdrainage* zu den Massagetechniken. Dabei behandelt man aber nicht Muskeln und Gewebe, sondern die Lymphgefäße. Die speziellen Handgriffe regen den Lymphstrom an und sorgen dafür, dass mehr Schlacken und Krankheitsstoffe abtransportiert und die Abwehrfunktionen angeregt werden. Nicht selten erkennt man die entschlackende Wirkung an der dunkleren Färbung des Urins nach der Behandlung. Indirekt trägt die Lymphdrainage auch zur besseren Blutgefäßregulation und Beruhigung des Nervensystems bei. Rheumatisch bedingte Rückenschmerzen können gut auf diese Therapie ansprechen, das muss individuell vom Fachmann beurteilt werden.

Massage der Reflexzonen

Die Reflexzonentherapie war schon vor Jahrtausenden in China bekannt, bei uns gewann sie erst im 19. Jahrhundert Bedeutung. Heute wird die Reflexzonenmassage am Körper auch von der offiziellen Medizin weitgehend anerkannt, die Behandlung der Reflexzonen an den Füßen aber skeptisch bis ablehnend beurteilt.

Die Behandlung beruht darauf, dass zwischen inneren Organen oder Muskeln und Hautzonen Nervenverbindungen bestehen. Unter anderem erkennt man das an den Schmerzen, die bei Erkrankungen innerer Organe in die entsprechenden Hautzonen ausstrahlen können, typisch etwa die Schmerzen im linken Arm bei Herzleiden. Nach dem englischen Nervenarzt *Henry Head* (1861–1940), der sie erstmals genau beschrieb, werden sie als *Headsche Zonen* bezeichnet.

Die Nervenverbindungen zwischen den Hautzonen und inneren Organen lassen die äußerliche Therapie von Organkrankheiten zu. Dazu wendet man vor allem Massagen, hautreizende Einreibungen, kalte oder warme Reize durch Güsse, Auflagen, Wickel und Kälte-/Wärmekompressen oder Injektion von Arzneimitteln mit örtlich betäubender Wirkung (wie Lidocain, Procain) an.

Reflexzonentherapie am Körper

Die Schmerzen, die von Wirbel-Bandscheiben-Schäden ausgehen, strahlen in der Regel in die nähere Umgebung der geschädigten Abschnitte aus, also Nacken, Schultern, Arme, Brustkorb, Gesäß und Beine. Es kann aber auch zur Fernwirkung mit Störungen innerer Organe kommen.

Die Reflexzonentherapie wird in solchen Fällen meist in der Nähe der geschädigten Wirbel oder Bandscheiben durchgeführt, hauptsächlich am Rücken, an dem man die ausstrahlenden Schmerzen meist am deutlichsten spürt. Oft wird der Schmerz hier mehr oder minder stark dauernd wahrgenommen, zum Teil aber auch erst, wenn man Fingerdruck auf die infrage kommenden Zonen ausübt. Die dann auftretenden Missempfindungen oder Schmerzen zeigen an, dass die gerade untersuchte Zone behandlungsbedürftig ist. Tastet man tiefer ins Gewebe, erkennt man häufig noch Verhärtungen des Gewebes in den Reflexzonen. Die Ausstrahlung der Schmerzen ist auch von diagnostischer Bedeutung. Der Therapeut erkennt daran oft ebenso zuverlässig wie im Röntgenbild, welche Wirbel oder Bandscheiben geschädigt sind.

Grundsätzlich bleibt die Reflexzonentherapie am Körper dem Fachmann vorbehalten, insbesondere natürlich die Injektion von Arzneimitteln. Selbsthilfe durch Temperaturreize, Einreibungen und Massagen sollte zumindest mit dem Therapeuten abgesprochen werden. Er kann bei der Untersuchung genau ermitteln, welche Reflexzonen im Einzelfall zu behandeln sind, und welche Methoden dazu angewendet werden sollen. Unter dieser Voraussetzung bestehen gegen die Selbstbehandlung durch Einreibungen, Temperaturreize und Massagen keine prinzipiellen Bedenken.

Vorsicht ist geboten, wenn der Verdacht besteht, dass die Rückenschmerzen durch Erkrankungen innerer Organe entstehen. Dann dürfen die Reflexzonen nie selbstständig behandelt werden, das könnte die Symptome verschleiern und die Diagnose unnötig erschweren. Erst wenn genau erkannt wurde, ob und welche inneren Krankheiten in den Rücken ausstrahlen, ist eine gezielte Behandlung möglich, unter anderem auch durch die fachlich verordnete Therapie der entsprechenden Reflexzonen.

Fußreflexzonenmassage

Da die Reflexzonentherapie in allen Kulturkreisen bekannt ist, entwickelten auch die nordamerikanischen Indianer schon früh eine Form dieser Behandlung. Allerdings gingen sie von 10 senkrechten Reflexzonen aus, die den Körper von oben nach unten durchziehen. Das konnte bisher noch nicht genau nachgewiesen werden und wird daher offiziell nicht anerkannt.

Diese traditionellen Vorstellungen griffen amerikanische Therapeuten im 19./20. Jahrhundert auf und entwickelten daraus neue Behandlungsformen. Zu den wichtigsten gehört die Reflexzonentherapie am Fuß. Dahinter steht die Theorie, dass der Fuß eine zentrale Schaltstelle des ganzen Körpers darstellt. Jedem Organ und Körperteil entspricht eine Reflexzone am Fuß.

Direkte Nervenverbindungen zwischen Organen und Zonen, die bei der Reflexzonentherapie am Körper bestehen, ließen sich bei den Fußzonen bislang nicht nachweisen. Vielmehr geht man davon aus, dass es sich eher um energetische Verbindungen handelt, vergleichbar etwa den Meridianen der chinesischen Akupunktur (s. S. 155 ff.).

Krankheit bedeutet immer auch eine Störung der Energieverhältnisse. Die Informationen darüber gelangen von den erkrankten Körperteilen durch die Energiebahnen hinab zu den entsprechenden Fußreflexzonen. Hier führen sie zu Schmerzen, Druckempfindlichkeit und Verhärtungen im Gewebe, die durch Untersuchung der Füße ermittelt werden.

Zur Therapie versucht man dann, über die Fußreflexzonen Einfluss auf die gestörten Energieverhältnisse der erkrankten Körperteile zu nehmen. Dazu wendet man eine spezielle Massagetechnik an, die bedingt auch zur Selbsthilfe geeignet ist. Sie soll aber beim Therapeuten erlernt werden, denn nur bei korrekter Durchführung kann sie wirksam werden. Bevorzugt bearbeitet man die Reflexzonen durch kreisende Reibung mit dem Daumen oder durch Fingerdruck, der Punkt für Punkt die gesamte Reflexzone durcharbeitet.

Als Reaktion auf diese Behandlung kann es zunächst zu Schmerzen in der Reflexzone kommen. Daran erkennt man, dass die richtigen Zonen beeinflusst werden und die Therapie wirksam wird. Mit zunehmender Besserung lassen die Schmerzen nach.

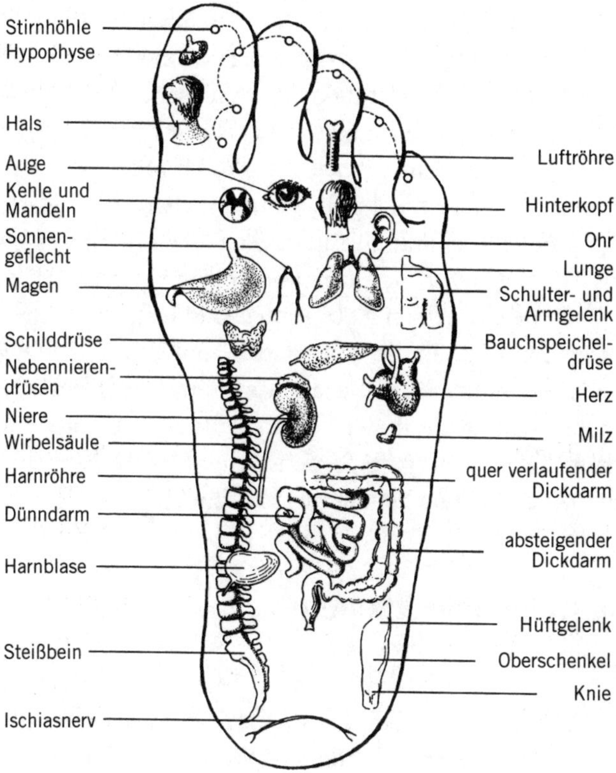

Fußreflexzonen

Die wichtigste Zone der Wirbelsäule befindet sich am inneren Rand der Fußsohle, wo sie etwa in der Mitte beginnt und bis zur Ferse verläuft. Die oberen Anteile der Zone entsprechen Hals- und Brustwirbelsäule, dann folgen Lendenwirbelsäule und Steißbein mit Kreuzbein, schließlich die Zone des Ischiasnerven. Wenn der Therapeut zustimmt, können diese Spezialzonen ein- bis mehrmals täglich durch die erlernte Grifftechnik behandelt werden.

Reflexzonenmassage am Fuß kann auch zur Vorbeugung und Nachsorge durchgeführt werden. Dann empfiehlt es sich oft, alle Zonen am Fuß einmal täglich zu bearbeiten, damit alle Körperfunktionen harmonisch aufeinander abgestimmt werden.

Als Alternative zur Massage mit den Händen gibt es den *Reflexzonenroller.* In seinen Holzrahmen sind hölzerne Rollen gelagert, deren Noppen die Reflexzonen ähnlich wie die Fingerkuppen beeinflussen. Zur Behandlung bewegt man einfach die Fußsohlen auf diesen Rollen vor und zurück. Die Apparaturen sind im Reformhaus und Sanitätsfachgeschäft erhältlich und werden nach Gebrauchsanleitung verwendet.

Asiatische Heilverfahren

Die traditionelle asiatische Medizin beruht auf weltanschaulich-religiösen Vorstellungen, die uns fremdartig anmuten. Trotzdem findet man viele Übereinstimmungen mit der westlichen Heilkunde, wenn man die exotischen Theorien auf ihren wesentlichen Inhalt reduziert. Darauf soll an dieser Stelle nicht weiter eingegangen werden. Für die Praxis wesentlich wichtiger ist, dass wissenschaftliche Untersuchungen im Westen die Wirksamkeit der asiatischen Heilverfahren bestätigen.

Gesundheit und Krankheit hängen aus der Sicht der asiatischen Medizin vor allem von den Energieverhältnissen im Organismus ab. Wenn Energie in den *Meridianen* (Energiebahnen) ungestört zirkuliert, ist der Mensch gesund. Zu Erkrankungen kommt es erst bei gestörten Energiezuständen, etwa Energiefülle durch von außen eindringende Krankheitsenergie, Energiemangel als Folge falscher Ernährung oder verschiedene energetische Störungen aus psychischen Ursachen. Um wieder Gesundheit herzustellen, müssen die Energieverhältnisse durch Manipulation an den Punkten auf den Meridianen normalisiert werden. Diese Heilmethode kennen wir als Akupunktur mit verschiedenen Varianten.

Diese vereinfachende Darstellung mag genügen, um die asiatische Medizin in ihren Grundzügen zu veranschaulichen.

Formen der Akupunktur

Die klassische Akupunktur verwendet zur Energieregulierung sehr dünne, unterschiedlich lange Nadeln aus Gold, Silber und Edelstahl, seltener die dickere Dreiecksnadel, die zur Nachblutung aus der Einstichstelle führt. Zuweilen beklopft man Punkte mit einem kleinen Hammer, an dessen Kopf sich viele feine Nadeln befinden.

Meist steckt man die Nadeln senkrecht, schräg oder waagrecht in Punkte auf den Meridianen, teils nur oberflächlich, zum Teil auch mehrere Zentimeter tief oder fast waagrecht entlang eines Meridians, um gleichzeitig mehrere Punkte zu beeinflussen. Meist werden die Nadeln während der Therapie in den Punkten auf und ab bewegt, gedreht oder an schwachen elektrischen Strom angeschlossen. Die Behandlung dauert 15–60 Minuten und kann ein- bis mehrmals wöchentlich angewendet werden.

Zur klassischen Akupunktur gehört auch die *Moxatherapie*, die an Stelle der Nadeln kleine Kegel aus Kräutern, Gewürzen und Salz verwendet. Sie werden auf den Punkten abgebrannt und rechtzeitig entfernt, ehe es zur Verbrennung kommt. Durch diese Sonderform der Akupunktur lassen sich Schmerzen und Verkrampfungen unter Umständen schneller und deutlicher als mit Nadeln lindern.

Als Sonderform der Akupunktur kennen wir überdies noch die *Aurikulartherapie* (Ohrakupunktur), die sich auf die rund 120 Punkte an der Ohrmuschel beschränkt. Damit erzielt man ebenfalls gute therapeutische Ergebnisse, aber die Körperakupunktur wird dadurch nicht überflüssig.

Alle Akupunkturformen mit Nadeln und Moxakugeln kommen zur Selbsthilfe von vornherein nicht infrage. Nur der speziell ausgebildete Therapeut kann auf diese Weise erfolgreich und gefahrlos behandeln. Die wissenschaftliche Untersuchung der asiatischen Punkttherapie im Westen trug maßgeblich mit zu neuen Akupunkturtechniken bei, die teilweise auch für den Hausgebrauch geeignet sind. In erster Linie gilt das für die *Elektroakupunktur*, die sich zu Nutze macht, dass Akupunktur bioelektrische Reaktionen erzeugt. So lag es nahe, diese Veränderungen nicht indirekt mithilfe von Nadeln zu erzeugen, sondern gleich elektrischen Strom einzusetzen.

Die Praxis bestätigt, dass die Elektroakupunktur wirksam ist, unter Umständen sogar besser hilft als die klassische Therapie. Für die Patienten ist sie angenehmer, weil kein Einstich in die Haut erfolgt. Eine Gefährdung geht von der schwachen elektrischen Spannung (1,5–9,0 Volt) nicht aus. Ein weiterer Vorteil besteht darin, dass mithilfe der Elektroden genau angezeigt werden kann, welche Punkte behandelt werden sollen, denn über diesen ist der elektrische Hautwiderstand verändert.

Geräte zur Selbsthilfe sind heute überall im Fachhandel und bei vielen Versandhäusern erhältlich. Sie werden mit Batterien betrieben und verfügen meist über 4–8 Elektroden, die auf der Haut befestigt werden. Im Allgemeinen wird 2- bis 4-mal täglich 30 Sekunden bis 4 Minuten lang behandelt. Die praktische Anwendung der verschiedenen Geräte ergibt sich aus der Gebrauchsanweisung. Der Therapeut sollte der Behandlung zustimmen und demonstrieren, in welchen Körperregionen die Elektroden angelegt werden.

Zur *Laserakupunktur* verwendet man einen dünnen, scharf gebündelten Lichtstrahl, mit dem die Punkte beeinflusst werden. Die Wirkung entspricht ungefähr der bei Elektroakupunktur. Erst seit wenigen Jahren gibt es Softlaser für den Hausgebrauch, die bei richtigem Gebrauch unbedenklich sind. Da Lasergeräte den elektrischen Hautwiderstand nicht anzeigen, muss der Therapeut die zu behandelnden Punkte diagnostizieren und den Patienten zur selbstständigen Behandlung anleiten.

Schließlich sei noch die *Farbakupunktur* erwähnt, die auf der traditionellen Farbtherapie beruht. Dabei richtet man kleine Farbstrahler gezielt auf die zu beeinflussenden Punkte. Die Farbe des Lichts ist dabei mit für die Wirkungen zuständig. Zur häuslichen Selbsthilfe kann der Therapeut geeignete Geräte verordnen und in ihren Gebrauch einweisen.

Akupressur zur Selbsthilfe

Die chinesische Punkttherapie begann wahrscheinlich mit der Akupressur, die nur mit den Fingern behandelt. Erst später fand man wohl heraus, dass spitze Steine, Dornen und Nadeln ähnlich und zum Teil besser wirken. Die einfache Technik der Akupressur eignet sich gut zur Selbsthilfe bei leichteren Erkrankungen.

Auf den ersten Blick erinnert die Akupressur an die Massage. Sie wirkt aber nicht auf die Muskulatur, sondern wie Akupunktur auf den Energiestrom in den Meridianen. Die zu behandelnden Punkte erkennt man meist daran, dass sie schmerzen oder auf Druck empfindlich reagieren.

Zur Behandlung muss man wissen, in welchen Körperregionen die Punkte zu finden sind. Darüber gibt der Therapeut Auskunft, der dieser Behandlung ohnehin zustimmen sollte. Auch mithilfe eines Buchs findet man die bei den einzelnen Krankheiten zu untersuchenden Punkte. Später geben wir einige Standardpunkte an, die bei Wirbel-Bandscheiben-Schäden oft geeignet sind.

Die Therapie erfolgt oft mit der Kuppe von Zeige-, Ringfinger oder Daumen, für stärkere Wirkungen auch mit den Kuppen beider Daumen oder gleichzeitig mit Zeige-, Mittel- und Ringfingerkuppen. Über den Punkten führt man kreisende Bewegungen durch, um den Energiefluß zu verändern.

Zum Teil genügt leichter Druck für kurze Zeit auf die Punkte, an anderen Punkten muss kräftiger Druck für längere Zeit angewendet werden. An Körperpartien, die man selbst schwer/nicht erreicht (vor allem am Rücken), sollte ein Helfer die Behandlung übernehmen. Notfalls kann man sich auch so auf eine harte Kugel (Tennisball) niederlassen, dass sie sich genau unter dem zu behandelnden Punkt befindet.

Oftmals genügt Akupressur 2- bis 4-mal täglich, bei akuten Beschwerden kann man bis zur Besserung alle 1–2 Stunden behandeln. Genaue Anweisungen dazu gibt entweder der Therapeut oder ein geeignetes Sachbuch. Die nachstehenden Vorschläge zur Akupressur gelten lediglich als allgemeine Richtschnur, bei Bedarf müssen sie individuell variiert werden.

Akupressur der Halswirbelsäule

Bei Symptomen im Bereich der Halswirbelsäule sucht man zuerst an Nacken und Schultern die Zonen, die am stärksten schmerzen. Sie werden mit mäßigem Zeigefingerdruck sternförmig in alle Richtungen massiert, bis der Schmerz deutlich nachlässt. Bei akuten Beschwerden kann alle 60 Minuten wiederholt werden, nach Besserung genügen je nach Bedarf 3–6 Anwendungen täglich.

Wenn die obige Basistherapie nicht ausreichend hilft, können einzelne oder alle der folgenden Punkte zusätzlich behandelt werden:

- Seitlich der oberen Halswirbelsäule oberhalb des Haaransatzes den Punkt auf einer tastbaren knotigen Vorwölbung;
- am Übergang vom Hals in die Schulter einen druckempfindlichen Punkt, den man findet, wenn man den Halsansatz von vorne nach hinten abtastet und auf die schmerzende Stelle achtet;
- etwa 2 Fingerbreiten neben dem letzten (7.) Halswirbel den druckempfindlichen Punkt auf dem oberen Rücken;
- in der Mitte des Hinterkopfs am Ende der Schädelbasis den Punkt in der deutlich tastbaren Vertiefung.

Die Punkte werden mit der Daumen- oder Zeigefingerkuppe mit mäßigem Druck kreisend behandelt, zuerst rechts, dann auf der linken Seite. Nach Bedarf werden sie mehrmals täglich je 30–60 Sekunden lang beeinflusst.

Der Punkt in der Mitte des Hinterkopfs soll mit kräftigem Daumendruck kreisend behandelt werden, am besten 3-mal hintereinander je 7 Sekunden lang, je nach Bedarf mehrmals am Tag.

Die genannten Punkte eignen sich auch zur Elektroakupunktur, sofern der Therapeut nichts anderes verordnet.

Akupressur der Brustwirbelsäule

Bei den nicht so häufigen Beschwerden in diesem Abschnitt der Wirbelsäule sucht man zuerst wieder die Punkte am Rücken, die am meisten schmerzen. Sie werden mit mäßigem Druck der Zeigefingerkuppe sternförmig in alle Richtungen massiert, bis deutliche Schmerzlinderung eintritt. Wiederholungen sind nach Bedarf alle 60 Minuten möglich, später dann 3- bis 6-mal täglich.

Oft genügt die obige Akupressur bereits zur Linderung der Symptomatik. Andernfalls behandelt man noch folgende Hilfspunkte:

- Außen unterhalb des Knies das Wadenbeinköpfchen suchen und in den Vertiefungen darüber und darunter die beiden Punkte behandeln.
- Außen am Fuß zwischen Knöchel und Achillessehne nach dem druckempfindlichen Punkt tasten und die Akupressur darauf anwenden.

Diese Hilfspunkte werden mit mäßigem Druck der Daumen- oder Zeigefingerkuppe kreisend beeinflusst, zunächst rechts, dann links. Täglich 2–4 Anwendungen, die jeweils 30–60 Sekunden dauern, genügen zur Therapie.

Elektroakupunktur kann über den oben genannten Punkten durchgeführt werden, wenn der Therapeut keine andere Anwendung verordnet hat.

Akupressur der Lendenwirbelsäule

Zur Behandlung in diesem Bereich sucht man zuerst wieder die Zonen im Kreuz, die am meisten schmerzen. Durch kräftigen Druck mit der Zeigefingerkuppe werden sie sternförmig in alle Richtungen massiert, bis der Schmerz deutlich gebessert wird. Je nach Bedarf wiederholt man diese Anwendung zunächst alle 60 Minuten, später dann 3- bis 6-mal täglich.

Wenn diese Therapie nicht genügt, werden zusätzlich die bei der Brustwirbelsäule bereits beschriebenen Hilfspunkte mit mäßigem Druck der Daumen- oder Zeigefingerkuppe kreisend behandelt, je nach persönlichem Befinden 2- bis 4-mal täglich je 30–60 Sekunden.

Zur Elektroakupunktur können diese Punkte ebenfalls verwendet werden, sofern im Einzelfall nichts anderes verordnet wurde.

Die chinesische Punktbehandlung ist eine individuelle Therapie, die sich an den Energieverhältnissen der einzelnen Patienten orientiert. Deshalb wirken die hier genannten Punktkombinationen nicht immer optimal. Der Therapeut wird im Einzelfall andere Punkte empfehlen, die er bei der Untersuchung ermittelte. Zur Selbsthilfe eignen sich die hier beschriebenen Punkte aber meist gut. Erzielt man damit keine spürbare Besserung, sollte ohnehin immer der Therapeut zugezogen werden.

Shiatsu

Während Akupunktur und ihre Varianten aus China stammen oder von der chinesischen Medizin hergeleitet wurden, entwickelte man Shiatsu in Japan. Das Heilverfahren ist aber mit der chinesischen Punktbehandlung verwandt und wirkt gleichfalls durch Harmonisierung der Energieverhältnisse. Wahrscheinlich stand die chinesische Heilkunst Pate bei Shiatsu, erst später wurde daraus dann eine eigenständige Therapie. Inzwischen wird sie auch im Westen schon häufiger angewendet.

Shiatsu kann nicht so genau wie Akupunktur beschrieben werden. Jeder Therapeut entwickelt im Lauf der Zeit seinen eigenen Stil, überdies müssen individuelle Faktoren bei den einzelnen Patienten berücksichtigt werden. Deshalb eignet sich das Heilverfahren auch nicht ohne weiteres zur Selbsthilfe, die Techniken erlernt man möglichst unter fachlicher Anleitung.

Grundsätzlich gilt, dass Shiatsu bei Wirbel-Bandscheiben-Schäden zur Linderung der Symptomatik geeignet ist. Darüber hinaus kann die Normalisierung und Harmonisierung der Energieverhältnisse mit zur Heilung beitragen. Im Allgemeinen ergänzt die Behandlung andere Heilverfahren, zur alleinigen Therapie wird sie seltener eingesetzt.

Vor der eigentlichen Behandlung muss untersucht werden, wie es um den Energiezustand eines Patienten bestellt ist. Diese energetische Diagnostik erfordert fundierte Fachkenntnisse, bleibt also dem Therapeuten vorbehalten. Sobald seine Befunde vorliegen, können die Energieverhältnisse gezielt beeinflusst werden. Ähnlich wie bei der Akupunktur aktiviert oder dämpft man den Energiestrom, leitet Krankheitsenergie aus und versucht, das gesamte Energiesystem zu harmonisieren. Das schafft wichtige Voraussetzungen zur Linderung oder Heilung bestehender Erkrankungen. Man kann die Wirkungen aber auch schon vorbeugend nutzen.

Die Behandlung erinnert an westliche Massagetechniken. Während diese aber Muskeln und Weichteile bearbeiten, wirkt Shiatsu auf Energiebahnen und Verteilung der Energie im Körper. Es führte zu weit, die verschiedenen Methoden hier genauer zu beschreiben.

Vorwiegend arbeitet man mit unterschiedlich starkem, senkrecht oder kreisend einwirkendem Druck. Meist übt man ihn mit der Daumen- oder Zeigefingerkuppe aus, großflächiger wirkt die Anwendung mit den Handballen oder Handflächen. Teilweise setzt man sogar Unterarme, Ellbogen und Knie zur Shiatsu-Therapie ein, um eine besonders intensive Wirkung zu erzielen. Die verschiedenen Techniken können den Energiestrom aktivieren, abschwächen oder harmonisieren, bei Bedarf wird auch Energie ausgeleitet.

Chinesische Akupunktur und japanische Shiatsu-Therapie wirken in vielerlei Hinsicht ähnlich. Welche der beiden Therapien im Einzelfall angemessen erscheint, kann nur der Fachmann beurteilen. Zur praktischen Erprobung können zunächst beide Methoden ausprobiert werden, um herauszufinden, welche bei einem Patienten am besten hilft.

Kneippsche Wasseranwendungen

Die Wassertherapie gehört zu den ältesten Heilverfahren der Menschen, ja sogar Tiere wenden sie instinktiv richtig an. Genauer beschrieben wurde die Hydrotherapie erstmals von dem berühmten antiken Arzt *Hippokrates* (460–375 v. Chr.). Aber bis ins 18. Jahrhundert hinein führte sie in der Medizin ein Schattendasein. Erst im 19. Jahrhundert gelang es dem »Wasserpfarrer« *Sebastian Kneipp* (1821–1897), die einfache Wasserbehandlung zu einem Therapiesystem auszubauen, das individuell genau dosiert werden kann. Damit gelang der Durchbruch des Heilverfahrens, das heute auch von der offiziellen Medizin anerkannt wird.

Die Wassertherapie zeichnet sich durch ein breites Wirkungsspektrum aus. Auch bei Rückenschmerzen verschiedener Ursachen helfen die Anwendungen oft gut. In der Regel werden sie ergänzend neben anderen Heilverfahren eingesetzt.

Grundsätze der Hydrotherapie

Streng genommen trifft die Bezeichnung Wassertherapie nicht genau zu. Vom Wasser selbst geht nämlich kaum eine therapeutische Wirkung aus, sieht man vom Auftrieb ab, der Gelenke und Wirbelsäule entlastet. In erster Linie wirken Wasseranwendungen durch den Temperaturunterschied zwischen Haut und Wasser, zum Teil auch noch durch die Zusätze (z. B. Heilpflanzen), die dem Wasser zugefügt werden können.

Die Skala der wirksamen Wassertemperaturen reicht von kalt über lauwarm und warm bis heiß. Lediglich die *indifferente* Temperatur, die ungefähr der Hauttemperatur entspricht, bleibt fast wirkungslos. Welche Temperatur zur Behandlung verwendet wird, hängt vom Zweck der Therapie und von der Verträglichkeit ab. Dazu einige Beispiele:

- Verspannungen der Muskulatur lockert am besten das warme Wasser (38–39 °C). Damit kann man auch Schmerzen lin-

dern, aber vor allem akute Schmerzzustände sprechen oft besser auf kaltes Wasser (12–15 °C) an, das muss praktisch erprobt werden.
- Stärker als warme Anwendungen können die ansteigenden wirken; sie beginnen mit indifferenten 36 °C und werden innerhalb von 10 Minuten durch Zugabe von heißem Wasser auf 39–41 °C erhöht, das entspannt die Muskulatur besser.
- Wechselwarme Anwendungen, bei denen man kalt und warm abwechselnd gebraucht, spielen bei den hier beschriebenen Krankheiten keine große Rolle.

Vor allem zu warmen Bädern verwendet man häufig Zusätze, um die Wirkung zu verstärken. Empfehlenswert sind pflanzliche Badezusätze aus der Apotheke oder vom Reformhaus, die zum Teil noch schmerzlindernde Wirkstoffe (wie Salizylsäure) enthalten. Sie werden nach Gebrauchsanweisung verabreicht.

Das letzte wesentliche Kriterium ist die Verträglichkeit der Wasseranwendungen. Da sie einen mehr oder minder starken Reiz auf das Herz-Gefäß-System ausüben, werden sie vor allem von Herz- und Gefäßkranken nicht immer vertragen. Insbesondere die größeren Anwendungen, wie das warme Vollbad, eignen sich nicht für alle Menschen.

Bei Nebenwirkungen während einer Anwendung (wie Schwindel, Herzbeschwerden) unterbricht man sofort und ruht bis zur Besserung. Die Therapie darf nur nach fachlicher Zustimmung wieder aufgenommen werden. Manchmal muss auf die Hydrotherapie verzichtet werden.

Obwohl man bei der Wasserbehandlung nur Wasser gebraucht, darf man die tief greifende Wirkung solcher Therapien nicht unterschätzen. Unter anderem steht inzwischen fest, dass die Wasseranwendungen die Ausschüttung von körpereigenem Kortison steigern; das wirkt wie eine milde natürliche Kortisonbehandlung ohne die gefürchteten Nebenwirkungen kortikoidhaltiger Arzneimittel.

Es erübrigt sich, die Techniken der verschiedenen Wasseranwendungen hier genauer zu beschreiben. Einige für den Hausgebrauch stellen wir jetzt vor, alle anderen müssen nach fachlicher Anweisung durchgeführt werden.

Anwendungen für den Hausgebrauch

Die Wassertherapie ist kein »harmloses Hausmittel«, sondern ein hochwirksames Naturheilverfahren. Grundsätzlich gehört sie deshalb in die Hand des Therapeuten.

Zur Selbsthilfe eignen sich nur einige einfachere, weniger stark belastende Anwendungen.

Bäder spielen eine wichtige Rolle bei Rückenschmerzen und Muskelverspannungen, insbesondere wenn pflanzliche Badezusätze verwendet werden. Am besten wirken warme *Vollbäder* (38–39 °C), die 15–20 Minuten dauern und nach Verordnung täglich oder 2- bis 4-mal wöchentlich durchgeführt werden. Da sie aber auch erheblich belasten, muss der Therapeut befragt werden, ob sie überhaupt geeignet sind.

Als Alternative kommen *Sitz-/Halbbäder* in Betracht, bei denen das Wasser nur ungefähr bis zur Nabel- und Nierengegend reicht. Sie werden mit der gleichen Wassertemperatur täglich oder 2- bis 4-mal wöchentlich angewendet.

Wenn auch diese Teilbäder noch zu stark beanspruchen,

muss meist auf Bäder in jeder Form verzichtet werden; das kann insbesondere bei Herz-Kreislauf-Krankheiten erforderlich sein.

Verschiedene *Badezusätze* verbessern die Wirkung des Bads. Bevorzugt verwendet man fertige pflanzliche Zusätze aus der Apotheke nach Gebrauchsanweisung oder Verordnung. Einige können auch selbst hergestellt werden, z. B.:

- *Fichtennadelbad* mit 1 kg zerhackten Nadeln, die mit 5 l Wasser kurz aufgekocht, abgeseiht und dem Vollbad zugefügt werden; für Teilbäder benötigt man entsprechend weniger Fichtennadeln.
- *Heublumenbad* mit 500 g Heublumen, die mit 5 l Wasser kurz aufgekocht, abgeseiht und dem Vollbad beigemischt werden; auch hier gilt, dass man für Teilbäder weniger Heublumen benötigt.
- *Rosmarinbad* mit 50 g Rosmarin, der mit 500 ml siedendem Wasser 5 Minuten angesetzt, dann abgeseiht und dem Vollbad zugegeben wird; Teilbäder werden mit entsprechend geringerer Dosis zubereitet. (Da Rosmarin anregt, soll das Bad möglichst vormittags, nie nach 17 Uhr verabreicht werden, sonst kann es zu Schlafstörungen kommen.)

Fertige Badezusätze sind nicht nur bequemer, sie enthalten auch die Hauptwirkstoffe in gleich bleibender (standardisierter) Dosis und sind deshalb grundsätzlich besser geeignet.

Nach dem Bad ruht man 30–60 Minuten im Bett, das verbessert die Wirkung.

Güsse, von Kneipp selbst in die Therapie eingeführt, wirken bei Rückenschmerzen vor allem durch den Temperaturreiz des kalten Wassers und die mechanische Reizung des auf die Haut treffenden Wasserstrahls. Die lokale Durchblutung wird verbessert, Erwärmung stellt sich ein, Muskelverspannungen lockern sich, Schmerzen werden gelindert.

Im Vergleich zu Bädern strengen Güsse weniger stark an, aber bei Herz-Kreislauf-Störungen befragt man vorher doch den Therapeuten.

Sanitätshäuser bieten inzwischen gebrauchsfertige Apparate für die Güsse im häuslichen Badezimmer an, die einfach zu befestigen sind. Es genügt aber auch, die Handbrause abzuschrauben und einen 1 cm dicken Schlauch anzubringen (der Brausekopf eignet sich nicht, damit erreicht man keinen geschlossenen Wassermantel auf der Haut).

Der Wasserdruck wird so eingestellt, dass das Wasser aus der senkrecht nach oben gehaltenen Schlauchmündung etwa eine Handbreit hoch heraussprudelt. Man hält die Schlauchöffnung 5–10 cm vom Körper entfernt schräg nach unten und achtet darauf, dass sich ein geschlossener Wassermantel bildet, unter dem es zur Reaktion der Gefäße und Nerven kommt. Von den zahlreichen Güssen, die Pfarrer Kneipp entwickelte, eignen sich nur wenig bei Rückenschmerzen zur Selbsthilfe. Größere Anwendungen müssen in der Regel in einer medizinischen Badeanstalt verabreicht werden, für den Hausgebrauch besonders zu empfehlen sind Rücken-, Unter- und Schenkelguss.

Rückenguss bezeichnet etwas irreführend eine Anwendung, die nicht nur den Rücken, sondern die gesamte Rückseite des Körpers behandelt. Er strengt schon etwas stärker an, deshalb darf er nur mit fachlicher Zustimmung angewendet werden.

Die Behandlung beginnt rechts am äußeren Fußknöchel, wird außen am Bein zur Hüfte empor geführt und innen zurück zum Fuß. Links behandelt man in gleicher Weise bis zur Hüfte, leitet den Strahl dann aber quer über die Oberschenkel unter dem Gesäß zur rechten Hand, am rechten Arm empor zum Schulterblatt, wo man 10 Sekunden bleibt, dann über die rechte Rückenhälfte abwärts bis zur Mitte der Oberschenkel.

Von hier aus wechselt man unter dem Gesäß zur linken Hand und begießt hier in gleicher Weise. Abschließend gießt man jede Rückenhälfte von oben nach unten 2-mal ab, wobei die Wirbelsäule selbst nicht behandelt werden darf.

Heilanzeigen dieser Anwendung sind vor allem Schmerzen entlang des ganzen Rückens.

Unterguss nennt man eine Anwendung am Unterkörper, die vorwiegend bei Kreuzschmerzen, Hexenschuss und Ischias durch Schäden an der Lendenwirbelsäule und ihren Bandscheiben durchgeführt wird. Der Guss beginnt außen am rechten Fußknöchel und wird außen am Bein bis über die Hüfte hinaus geleitet (Nierengegend nicht direkt begießen), wo man 10 Sekunden wartet und innen am Bein zum Fuß zurückkehrt. Dann behandelt man sinngemäß am linken Bein.

Anschließend wird der Strahl vom rechten inneren Fußknöchel aus an der Vorderseite des Beins innen neben dem Schienbein bis hinauf zum Rippenbogen geführt, außen neben dem Schienbein kehrt man zum Fuß zurück und behandelt in gleicher Weise vorne am linken Bein.

Der Unterguss beeinflusst keinen so großen Körperabschnitt wie der Rückenguss und wirkt deshalb etwas milder; er sollte aber doch mit dem Therapeuten abgestimmt werden.

Schenkelguss ist eine Art »verkürzter« Rückenguss, der meist gut vertragen wird. Er eignet sich besonders bei Hexenschuss und Ischias.

Die Anwendung beginnt hinten außen am rechten Fuß, dann leitet man den Strahl außen am Bein zur Hüfte empor, wartet hier 10 Sekunden und kehrt innen am Bein zur Ferse zurück. Links behandelt man in gleicher Weise, wechselt aber nach 10 Sekunden unter dem Gesäß von der linken zur rechten Hüfte, wartet hier 10 Sekunden, kehrt wieder zur linken Hüfte zurück und innen am Bein hinab zur Ferse.

Dann wird der Guss vom rechten äußeren Fußknöchel rechts neben dem Schienbein hinauf zur Leistengegend geführt (Blase und Unterleib nicht direkt begießen) und kehrt innen neben dem Schienbein zum Knöchel zurück; links wird in gleicher Weise begossen.

Diese Beispiele für Güsse genügen zur Selbsthilfe, der Therapeut kann im Einzelfall auch andere Güsse verordnen. Behandelt wird 1- bis 2-mal täglich, danach ruht man 30–60 Minuten im warmen Bett, das verbessert die Wirkung.

Auflagen/Kompressen schätzt die Naturmedizin seit langem bei Rückenschmerzen. Gut bewähren sich meist Dampfkompressen, Heublumen-, Kartoffelbreisäcke und der Unteraufschläger.

Dampfkompressen zeichnen sich durch ihre besonders intensive Tiefenwirkung bei Schmerzen und Verkrampfungen der Muskulatur aus. Man benötigt dazu ein Leintuch, das 2- bis 6-fach zur passenden Größe gefaltet und einige Minuten in kochendes Wasser gelegt wird. Mit geschützten Händen presst man das Tuch dann aus und hüllt es so in ein Flanelltuch, dass die Unterseite des Leintuchs nur von einer Schicht Flanell bedeckt ist.

Dieses Päckchen wird so heiß wie möglich auf die zu behandelnde Körperzone gelegt, darüber kommt ein trockenes Leintuch und außen ein Wolltuch, die beide ganz um den Körper gewickelt (also nicht nur aufgelegt) werden.

Nach 90–120 Minuten entfernt man die Kompresse und ruht

noch 30–60 Minuten im warmen Bett, das verstärkt die Wirkung. Die Anwendung erfolgt nach Bedarf 1- bis 4-mal täglich.

Heublumensack kann man heute fertig in der Apotheke kaufen und nach Gebrauchsanweisung verwenden. Für die traditionelle Anwendung füllt man einen Leinensack passender Größe zu zwei Dritteln mit Heublumen, bindet ihn zu und gibt ihn für 15 Minuten in einen Topf mit kochendem Wasser. Dann presst man ihn mit geschützten Händen aus und legt ihn etwa 40 °C warm auf die zu behandelnde Körperregion. Darüber kommen Leintuch und Wolltuch, die ganz um den Körper herumgeführt werden. Dauer und Häufigkeit der Behandlung entsprechen der Dampfkompresse.

Bei dieser heißen Kompresse wirkt nicht allein der Temperaturreiz, auch die Heublumen selbst besitzen therapeutische Wirkung.

Kartoffelbreisack besteht aus einem Leinensack passender Größe, der mit gekochten heißen Kartoffeln gefüllt und zugebunden wird, dann zerquetscht man die Kartoffeln von außen zum Brei. Die Anwendung gleicht der beim Heublumensack.

Unteraufschläger ist eine Kompresse, die auf der Rückseite des Körpers von den Schultern bis zu den Kniekehlen reicht. Zunächst legt man die Wolldecke passend auf das Bett, darauf das trockene Leintuch als Zwischenschicht. Ein weiteres Leintuch wird 2- bis 6-fach passend gefaltet, in Wasser getaucht, leicht ausgewrungen und auf das trockene Leintuch im Bett gelegt. Darauf lässt man sich so nieder, dass das nasse Leintuch richtig am Rücken anliegt. Ein Helfer wickelt dann die beiden trockenen Tücher ganz um den Körper.

Diese Anwendung dauert 90 Minuten, danach ruht man noch 60 Minuten im warmen Bett. Nach Bedarf wendet man den Unterwickel 1- bis 2-mal täglich an.

Warmes Wasser wird bei Rücken- und Kreuzschmerzen, Hexenschuss und Ischias verwendet, bei Verkrümmung der Wirbelsäule hilft die kalte Anwendung oft besser.

Bei Bedarf kann der Therapeut noch andere Wasseranwendungen für den Hausgebrauch verordnen.

Fango, Heilerde und Moor

Diese Anwendungen gehören im weiteren Sinn auch zur Hydrotherapie. In der Praxis bewähren sie sich oft gut bei Rückenschmerzen verschiedener Ursachen.

Fango, ein mineralischer Schlamm vulkanischen Ursprungs, wirkt hauptsächlich als Wärmeträger. Zu den wichtigsten Heilanzeigen gehören Muskel-, Knochen- und Gelenkkrankheiten, Ischias und andere Nervenschmerzen sowie allgemein Verkrampfungen und Schmerzen verschiedener Ursachen. Bei Rückenschmerzen dient er vor allem der Muskelentspannung und Schmerzlinderung.

Lange Zeit konnten *Fangopackungen* nur im Rahmen einer Kur oder in den Praxen der Physiotherapeuten und ähnlicher Berufe angewendet werden. Inzwischen gibt es in Apotheken fertige Fangokompressen, die auch zur Selbsthilfe nach Gebrauchsanweisung geeignet sind. Der Schlamm wird immer warm über schmerzenden und verspannten Körperregionen angewendet. Bei chronischen Beschwerden genügen 2–3 Anwendungen pro Woche, bei stärkeren akuten Symptomen kann häufiger behandelt werden.

Früher bevorzugte man italienischen Fango, heute wird auch Eifelfango zu Heilzwecken verwendet. Nach praktischer Erfahrung bestehen zwischen diesen beiden Sorten keine nennenswerten Wirkungsunterschiede.

Heilerde/Lehm wird zwar seit der Antike in der Medizin verwendet, aber erst der Buchhändler *Adolf Just* (1859–1936) und der »Lehmpastor« *Emanuel Felke* (1856–1926) führten dieses Naturheilverfahren wieder ein und verhalfen ihm zum Durchbruch. Auch die offizielle Medizin versagt heute die Anerkennung nicht mehr.

Der innerliche Gebrauch der Heilerde spielt bei Rückenschmerzen keine Rolle. Wichtig ist die äußerliche Behandlung in Form von Auflagen, Wickeln und als Badezusatz. Zum Teil erklärt sich die Wirkung aus dem Temperaturreiz, den die meist mit kaltem Wasser zu einer breiigen Masse angerührte Heilerde ausübt, denn die Kälte lindert Schmerzen. Darüber hinaus kann Heilerde, deren mikroskopisch kleine Teilchen eine riesige Oberfläche zum Aufsaugen von Krankheitsstoffen bilden, bei entzündlichen rheumatischen Erkrankungen durch die Haut schädliche Stoffe aufnehmen.

Heilerde, bevorzugt der Lehm, wird nach Gebrauchsanweisung als Fertigprodukt verwendet. Man kann nicht einfach irgendwo Erde ausgraben und zur Therapie verwenden. Gebräuchlich zur Selbsthilfe sind vor allem die *Lehmwickel*. Dazu bereitet man mit ausreichend Heilerde eine kalte Brühe zu, taucht ein Leintuch hinein und legt es auf die zu behandelnde Körperregion. Darüber kommt ein trockenes Leintuch und das äußere Wolltuch, die beide ganz um den Körperabschnitt herumgeführt werden. Nach etwa 2 Stunden endet die Anwendung, Lehmreste auf der Haut spült man mit lauwarmem Wasser ab.

Anstelle des Leintuchs kann man auch einen kalten Heilerdebrei herstellen und direkt auf die Haut der zu behandelnden Körperregion streichen, darüber kommen die üblichen beiden trockenen Tücher. Diese Anwendungsform wirkt zum Teil stärker.

Das *Lehmbad* führte Pastor Felke in einer mit Lehmwasser gefüllten Erdgrube durch. Heute bevorzugt man dazu die Badewanne. Sie wird so hoch mit Wasser gefüllt, dass es bis über den Nabel reicht, dann rührt man mit Heilerde eine dickflüssige Brühe an. In diesem kalten Bad bleibt man kurze Zeit (man darf nicht frösteln), steigt dann aus der Wanne und lässt die Heilerde am Körper trocknen, bis sie bröckelt. Zum Schluss wird sie unter der kalten Dusche abgewaschen.

Das anstrengende Bad kann bei guter Verträglichkeit nach Bedarf 2- bis 4-mal wöchentlich angewendet werden. Man bevorzugt den Vormittag, weil die Anwendung dann meist am besten verkraftet wird. Es gibt noch einige andere Anwendungen mit Heilerde, die aber fachlich verordnet werden sollen. Zum Teil können sie nur in einer entsprechend ausgestatteten ambulanten Praxis oder Klinik verabreicht werden.

Moor entsteht durch Vertorfung organischer Reste unter Luftabschluß im Wasser. Dabei entstehen verschiedene Wirkstoffe, z. B. Schwefel, Mineralstoffe, Spurenelemente und pflanzliche Hormone. Trinkmoor zur inneren Anwendung ist bei Rückenschmerzen ohne Bedeutung, sie werden äußerlich behandelt. In der Apotheke gibt es verschiedene gebrauchsfertige Moorzubereitungen, die nach Gebrauchsanweisung verwendet werden. Üblich sind vor allem Bäder, Auflagen und Wickel mit Heilmoor.

Die Wirkungen bei Wirbel-Bandscheiben-Schäden erklären

sich einmal aus dem Temperaturreiz des Moors auf die Behandlungszone. Hinzu kommt die verbesserte Durchblutung durch pflanzliche Hormone und das Aufsaugen von Krankheitsstoffen durch die Haut (wie bei Heilerde).

Wegen der deutlichen Wirkungen auf Kreislauf und Durchblutung ist Moor nicht immer verträglich, die Behandlung sollte immer mit dem Therapeuten abgestimmt werden. Herz-Kreislauf-Kranke müssen unter Umständen darauf verzichten.

Elektrotherapie

Seit die Elektrizität bekannt ist, verwendet man sie auch zu Heilzwecken. Heute gehört die Elektrotherapie zu den anerkannten Heilverfahren der physikalischen Medizin. Die Wirkungen erklären sich überwiegend aus Reaktionen des Nerven- und Blutgefäßsystems. Unerwünschte Nebenwirkungen sind bei korrekter Durchführung nicht zu befürchten, denn behandelt wird mit ungefährlichen Stromstärken und verschiedenen Frequenzen. Übertragen wird der Strom durch Elektroden auf der Haut.

Faradisieren und Galvanisieren

Diese beiden Begriffe stammen zwar aus der Technik, werden aber auch für Methoden der Elektrotherapie gebraucht. Der Unterschied zwischen Faradisieren und Galvanisieren besteht darin, dass zur ersten Methode Wechselstrom, zur anderen Gleichstrom verwendet wird.

Faradisieren erfolgt mit niederfrequentem Wechselstrom zwischen 40 und 60 Volt. Er wird mit Pinsel-, Bürsten- und Rollenelektroden auf den Körper übertragen. Die wichtigsten Heilanzeigen sind Empfindungs- und Bewegungsstörungen, wie sie durch Nervenreizung bei Bandscheibenschäden und Nervenentzündung entstehen, ferner versuchsweise unklare Nervenschmerzen.

Im weiteren Sinn gehört auch die *Hochfrequenztherapie* zum Faradisieren. Dazu verwendet man schwachen Strom mit sehr hoher Schwingung (über 100 000 Hz). Zur Übertragung auf den Körper werden die Elektroden entweder fest auf die Haut gelegt oder in geringem Abstand davon gehalten, sodass Funken überspringen.

Die Therapie lindert Schmerzen, Kopfschmerzen und Schwindel vor allem bei Schäden an der Halswirbelsäule. Versuchsweise kann man auch bei Schmerzen an anderen Abschnitten der Wirbelsäule mit der Hochfrequenztherapie arbeiten.

Galvanisieren behandelt mit Gleichstrom zwischen 40 und 60 Volt. Dadurch werden ebenfalls Schmerzen und Missempfindungen gereizter oder entzündeter Nerven gelindert. Zum Teil hilft diese Behandlung auch bei Lähmungen, wie sie bei einem Bandscheibenvorfall auftreten können.

Nur der Therapeut kann im Einzelfall beurteilen, ob Elektrotherapie überhaupt angezeigt ist, und welche der oben genannten Methoden angewendet werden sollen. Selbsthilfe ist nach fachlicher Verordnung bedingt möglich. Geeignete Geräte, über die der Therapeut berät, gibt es im Sanitätsfachgeschäft, teilweise auch in Apotheken.

TENS-Schmerzblockade

Diese noch relativ neue Form der Elektrotherapie nutzt elektrischen Strom zur Schmerzblockade von außen. Die Abkürzung TENS bedeutet transkutane (= durch die Haut) Elektro-Nerven-Stimulation, also elektrische Nervenreizung durch die Haut.

Theoretische Grundlage dieser Behandlung bildet die Erkenntnis der modernen Schmerzforschung, dass die Schmerzleitung zum Gehirn blockiert werden kann, wenn man ihr einen schwachen elektrischen Reiz entgegensetzt (Gate-Control-Theorie). Der Strom schließt dann im übertragenen Sinn das »Tor« (gate = Tor), durch das Schmerzreize ins Rückenmark gelangen.

Die TENS-Geräte arbeiten mit Batteriestrom, dessen Stromstärke und Frequenz nach Bedarf individuell eingestellt wird. Zur Übertragung dienen Elektroden (mindestens 2, besser 4 oder mehr), die in der Umgebung der schmerzenden Körperregion auf der Haut befestigt werden (selbstklebende Elektroden erleichtern die Anwendung).

Mit welcher Stromstärke und Frequenz optimale Ergebnisse erzielt werden, kann weder die Gebrauchsanleitung noch der Therapeut angeben, das muss man praktisch erproben. Bei längerer Behandlung bleibt man ohnehin meist nicht bei den anfänglichen Einstellungen, denn sie können an Wirksamkeit einbüßen. Deshalb verändert man die Einstellungen immer, sobald die Wirkung nachlässt.

Manche Patienten erleben die schmerzlindernde Wirkung sofort, bei anderen dauert es einige Zeit. Das hängt mit davon ab, ob das TENS-Gerät individuell richtig eingestellt ist.

Wenn die Wirkung zu lang auf sich warten lässt, darf man keinesfalls versuchen, die Schmerzlinderung zu erzwingen, indem man zu oft und/oder zu stark behandelt. Das könnte die Schmerzen sogar noch verschlimmern. In der Regel ist die Wartezeit bis zur ersten spürbaren Linderung der Beschwerden zumutbar.

Bei wenigen Patienten tritt aus Gründen, die meist nicht nachvollziehbar sind, keine nennenswerte Wirkung ein. Dann ist es sinnlos, die Behandlung fortzuführen. Ehe man sie abbricht, sollte der Therapeut befragt und vor allem kontrolliert werden, ob das TENS-Gerät richtig funktioniert und korrekt verwendet wird.

Die meisten Schmerzen und schmerzhaften Muskelverspannungen lassen sich durch TENS günstig beeinflussen. Allerdings wirkt die Therapie nur symptomatisch, heilt also nicht die Ursachen: dazu ist eine spezielle Behandlung erforderlich. Der Vorteil der TENS besteht darin, dass Schmerzmittel abgesetzt oder in geringerer Dosis verabreicht werden können. Das vermindert besonders bei Langzeittherapie das Risiko unerwünschter Nebenwirkungen.

Pulsierende Magnetfelder

Die Heilkräfte der Magneteisen nutzte man bereits in der Antike in Ägypten, China, Griechenland und Rom. Wahre Wunderkräfte schrieb man den Magneten damals zu. Die moderne Magnettherapie beginnt Ende des 19. Jahrhunderts, als es gelang, mithilfe der Elektrizität Magnetfelder zu erzeugen. Daraus ging später das pulsierende Magnetfeld hervor, das etwa ab den

70er Jahren des 20. Jahrhunderts vermehrt zur Therapie genutzt wurde.*

Die Wirkungsweise der Magnetfelder ist noch nicht restlos geklärt. Man geht davon aus, dass die magnetischen Kräfte bioelektrische Lebensfunktionen im Körper und magnetisierbare Stoffe (vor allem Eisen, Kobalt, Kupfer) günstig beeinflussen. Außerdem kann es zu Veränderungen des Wassers im Organismus kommen. Schließlich nimmt man noch an, dass in den Nerven eine Induktionsspannung mit anregender Wirkung entsteht.

Aus diesen theoretischen Überlegungen kann die Wirkung der Magnetfelder schon recht gut nachvollzogen werden. In erster Linie führen die magnetischen Kräfte zur Anregung des Stoffwechsels, Immunsteigerung, verbesserter Durchblutung und Sauerstoffversorgung, vermehrter Ausscheidung von Gift- und Schlackenstoffen, erhöhter Regenerationsfähigkeit, nicht zuletzt auch noch Harmonisierung des Nervensystems und Seelenlebens. Aus dieser ganzheitlich umfassenden Wirkung ergeben sich die zahlreichen Indikationen der Magnetbehandlung.

Hier interessiert lediglich die Magnetwirkung bei Nerven-, Muskel- und Gelenkschmerzen vor allem im Rücken. Dagegen hilft die Magnettherapie meist gut, allerdings nicht sofort. Sie unterdrückt nicht nur die Symptome, sondern beeinflusst auch die Krankheitsursachen und trägt so zur dauernden Besserung oder Heilung bei. Die seelisch-nervöse Harmonisierung kann bei Rückenschmerzen auch von erheblicher Bedeutung sein.

---

* Weitere Informationen finden Sie in dem beim Jopp/Oesch Verlag erschienenen Buch »Magnetfeldtherapie« von Karl-Heinz Hanusch.

Die Magnetfelder werden meist gut vertragen. Trotzdem sollten sie während der Schwangerschaft und bei schwereren Infektionskrankheiten grundsätzlich nicht angewendet werden. Träger von Herzschrittmachern müssen in der Regel strikt darauf verzichten, damit die Funktionen des Schrittmachers nicht lebensbedrohlich gestört werden.

Es empfiehlt sich, den Therapeuten auf eine Magnetfeldbehandlung anzusprechen. Unter Umständen kann er größere Anwendungen in seiner Praxis durchführen oder an eine entsprechend ausgestattete andere Praxis oder Klinik überweisen. Auch Selbsthilfe mit Magnetfeldern sollte vom Therapeuten verordnet und regelmäßig überwacht werden.

Nach seinen Empfehlungen wählt man die für den Hausgebrauch geeigneten kleineren elektromedizinischen Geräte aus. Die Anwendung ergibt sich aus den Herstellerangaben, sofern nichts anderes verordnet wird.

Die individuell einstellbaren pulsierenden Magnetfelder wirken meist am besten. Es gibt aber auch Dauermagnete unterschiedlicher Stärke, kleine linsenförmige Dauermagnete auf einem Pflaster, die einfach auf die Haut geklebt werden (unter anderem über Akupunkturpunkten), schließlich die flexiblen größeren Magnetfolien, mit denen zum Beispiel der gesamte schmerzende Rücken behandelt werden kann. Auch mit diesen einfacheren Anwendungen erzielt man oft gute Wirkungen.

Nur der Therapeut kann beurteilen, ob elektrisch erzeugte Magnetfelder oder Dauermagnete und Magnetfolien verwendet werden sollen.

Neural- und Reizkörpertherapie

Die *Neuraltherapie* gehört zu den wichtigen Maßnahmen gegen Schmerzen. Man verwendet dazu ein Lokalanästhetikum mit örtlich schmerzstillender Wirkung, z. B. *Lidocain* oder *Procain,* teilweise auch homöopathische Wirkstoffe.

Das Heilverfahren lindert nicht nur Schmerzen, sondern beeinflusst auch die Energieverhältnisse und die Bioelektrizität im Körper, scheint die Selbstheilungsregulationen anzuregen und die Regeneration zu fördern. Genau erklären lassen sich diese Wirkungen aber noch nicht.

Das breite Wirkungsspektrum empfiehlt die Neuraltherapie auch bei Wirbel-Bandscheiben-Schäden. Die Behandlung ist dabei auf zweifache Weise möglich: direkte Injektion ins Schmerzgebiet und/oder in Reflexzonen oder die Injektion in Krankheitsherde und/oder Störfelder.

Bei der direkten Injektion sucht der Therapeut die Körpergebiete, in denen Schmerzen bestehen. Bei Schäden an der Wirbelsäule sind das vor allem die Zonen seitlich davon am Rücken. Durch Injektion des Lokalanästhetikums kann hier eine Schmerzlinderung erzielt werden, die längere Zeit anhält. Manchmal genügt sogar nur eine Injektion zur dauernden Besserung. Die Wirkung kann als Sekundenphänomen schlagartig eintreten, häufiger stellt sich die Besserung aber allmählich ein.

Da Schmerzen von der Wirbelsäule häufig in andere Körperregionen ausstrahlen, kann es erforderlich sein, diese Reflexzonen (s. S. 149 ff.) zu suchen und ebenfalls Lokalanästhetika zu injizieren. Ob die Behandlung der Reflexzonen allein genügt oder zusätzlich direkt am Rücken injiziert werden muss, lässt sich pauschal nicht beantworten, das muss im Einzelfall ausprobiert werden. Nicht selten erzielt man die besten Ergebnisse, wenn die direkte Therapie am Rücken mit der Reflexzonenbehandlung kombiniert wird.

Schmerzen im Rücken stehen teilweise mit Krankheitsherden und Störfeldern in anderen Körperregionen in Beziehung. Besonders häufig befinden sich chronische, örtlich begrenzte, entzündliche Krankheitsherde an Zahnwurzeln, Mandeln, Nasennebenhöhlen, Gallenblase oder Nierenbecken, aber auch in anderen Organen können sich solche Herde bilden. Sie verursachen selbst kaum Beschwerden, stören aber das vegetative Nervensystem und können Krankheitserreger und Giftstoffe in den übrigen Körper streuen. Diese Fernwirkung ist recht häufig mit für Rückenschmerzen verantwortlich.

Die chronischen Herde sind auch Störfelder, im engeren Sinn versteht man darunter aber vor allem Narben, die nach Verletzungen, Operationen und Impfungen zurückblieben. Auch sie verursachen selbst kaum Symptome, sondern stören durch Fernwirkung über das vegetative Nervensystem andere Organe und Körperfunktionen, z. B. auch im Bereich der Wirbelsäule. Wenn Rückenschmerzen durch solche Ursachen hervorgerufen wurden, können sie nicht ausheilen. Zuerst müssen die Störfelder und Krankheitsherde saniert werden, danach bilden sich die Rückenschmerzen auch zurück und werden für eine gezielte Therapie zugänglicher.

Die Injektion von Lokalanästhetika in Störfelder und Herde ist nur eine Möglichkeit der Behandlung, die allerdings oft nicht genügt. Vielfach wird es zum Beispiel erforderlich, gegen eine chronische Entzündung Antibiotika zu verabreichen oder Herde und Narben chirurgisch zu versorgen. Das kann immer nur individuell beurteilt werden.

Zur *Reizkörpertherapie* verwendet man unter anderem hautreizende Einreibungen und Pflaster, Wasseranwendungen und die Eigenblutinjektionen. Dadurch bilden sich in der Haut Reizstoffe, die zur allgemeinen Umstimmung führen, also die körpereigenen Selbstheilungsregulationen aktivieren. Das lässt sich labordiagnostisch genau am Anstieg der für die Immunfunktionen sehr wichtigen weißen Blutkörperchen erkennen.

Das Ziel der Reizkörpertherapie besteht darin, den Körper so anzuregen, dass er mit den Krankheitsursachen aus eigener Kraft fertig wird. Dieses Wirkungsprinzip bewährt sich vor allem bei chronischen Erkrankungen, weil diese durch die Reizwirkung ins akute Stadium zurückgeführt werden können. Erst nach dieser Umstimmung ist das Immunsystem in der Lage, sich erfolgreich mit den Krankheitsursachen auseinander zu setzen.

Bei Rückenschmerzen kommt noch hinzu, dass die Reizkörperbehandlung Schmerzen und schmerzhafte Verspannungen der Muskulatur lindert und die örtliche Durchblutung steigert. Immer wieder beobachtet man, dass selbst lange unbeeinflussbare Wirbel-Bandscheiden-Schäden sehr gut auf die Reizung ansprechen. Die Behandlung muss immer fachlich durchgeführt werden. Zur Selbsthilfe sind allenfalls die weiter vorne (s. S. 113) bereits erwähnten Rheumasalben und -gels angezeigt. Damit erzielt man aber noch keine kräftige Reizwirkung, wie sie vor allem bei chronischen Rückenschmerzen erforderlich ist. Deshalb wird der Therapeut oft noch verschiedene Naturheilverfahren anwenden, die wesentlich stärker wirken. Leider werden sie heute zu selten durchgeführt, vielen sind sie überhaupt nicht mehr geläufig. Die beiden wohl am besten wirksamen Methoden sollen noch kurz zur Information vorgestellt werden.

Eigenbluttherapie verwendet das eigene Blut des Patienten zur Aktivierung seiner Selbstheilungskräfte. Bei der einfachsten Methode werden bis zu 20 ml Blut aus der Armvene entnommen und gleich in den Gesäßmuskel injiziert. Verbessern lässt sich die Wirkung, indem man das Blut mit homöopathischen oder pflanzlichen Arzneimitteln mischt. Erfahrene Mediziner setzen das entnommene Patientenblut vor der Injektion einer Bestrahlung aus (meist UV-Strahlen), damit mehr Reizkörper entstehen. Schließlich kann das Blut nach homöopathischen Regeln zur Injektion aufbereitet werden, die zum Teil deutlich besser als die einfache Injektion wirkt.

Restlos geklärt ist die Wirkungsweise der Eigenbluttherapie noch nicht. Hauptsächlich beruht sie wohl auf der umstimmenden Wirkung, die Selbstheilungskräfte wieder freisetzt. Zu den Indikationen gehören entzündlich-rheumatische Erkrankungen, auch im Bereich der Wirbelsäule.

Kantharidenpflaster werden heute viel zu selten angewendet, dabei galten sie früher doch als »Trost und Hilfe der Rheumakranken« mit chronischen Schmerzen. Diese wohl stärkste Form der Reizkörpertherapie kann auch langjährige schmerzhafte Erkrankungen des Stütz- und Bewegungsapparats oft noch spürbar bessern, seltener sogar ausheilen.

Das Pflaster muss nach Verordnung in der Apotheke hergestellt werden, als Fertigarzneimittel ist es nicht erhältlich. Als wichtigsten Wirkstoff enthält es *Kantharidin,* das aus einem Extrakt aus Spanischer Fliege gewonnen wird. Man arbeitet den Extrakt in die Masse eines Pflasters passender Größe ein.

Die Reizwirkung des Pflasters ist so stark, dass sich darunter eine Hautblase entwickelt. Sie darf keinesfalls behandelt werden, sonst schwächt man die Heilreaktionen ab. Auch ohne Behandlung trocknet die Blase allmählich aus und verschwindet schließlich. Einige Therapeuten »schwören« darauf, die in der Hautblase enthaltene Flüssigkeit auf eine Spritze zu ziehen und dem Patienten zu injizieren.

Wegen der starken Wirkungen muss das Kantharidenpflaster genau nach fachlicher Anweisung gebraucht werden. Bei guter Verträglichkeit darf es nicht länger als 12 Stunden auf der Haut bleiben. Wiederholungen sind nur bei Bedarf und nach fachlicher Verordnung in längeren Abständen erlaubt, weil Kantharidin giftig wirkt und bei zu häufigem Gebrauch den Körper schädigen könnte.

Die Pflasterbehandlung soll durch Anregung der Nierenfunktionen unterstützt werden. Mit dem vermehrt produzierten Harn werden viele Gift- und Schlackenstoffe ausgeschwemmt, was ebenfalls mit zur Heilung beitragen kann. Um die Nieren zu schützen, eignen sich verschiedene Heilmittel, als wichtigstes wohl die Zubereitungen aus der Goldrute, die gleichzeitig auch mild harntreibend wirkt. Hinzu kommt die Anregung des Blut- und Lymphflusses, vermehrte Entgiftung und Entschlackung, nicht zuletzt auch noch die Linderung von Schmerzen und schmerzhaften Verkrampfungen der Muskulatur.

Das alles empfiehlt dieses bewährte Naturheilverfahren bei vielen Gelenk- und Muskelschmerzen, Abnutzung der Gelenke, Rücken-, Kreuzschmerzen, Hexenschuss und Ischias.

Entspannung – Psychotherapie

Die psychosomatische Komponente bei Rückenschmerzen wird leider noch viel zu oft missachtet. Dabei steht außer Zweifel, dass bei vielen Patienten seelische Einflüsse eine ursächliche Rolle spielen. Überdies darf man nicht vergessen, dass die monate- bis jahrelangen Schmerzen auch ihre Spuren im Seelenleben hinterlassen.

Gewiss wird es kaum gelingen, Rückenschmerzen allein durch psychologische Hilfe zu heilen. Umgekehrt gilt aber auch, dass die Symptome durch körperliche Heilverfahren allein oft nur unterdrückt werden können. Eine psychologische Beeinflussung empfiehlt sich also bei den meisten Betroffenen.

Natürlich muss nun nicht jeder, der an Wirbel-Bandscheiben-Schäden mit schmerzhaften Muskelverspannungen leidet, gleich eine fachliche Psychotherapie absolvieren. Das scheitert bereits daran, dass es dazu nicht genügend Therapeuten gibt. Gerade die seelischen Faktoren lassen sich aber häufig durch Entspannung und Meditation selbstständig gut beeinflussen. Die Techniken dazu sind bald in einem Kurs erlernt.

Bewährte Entspannungstechniken

Die Entspannung gehört zu den natürlichen Fähigkeiten des Menschen. Allerdings gelingt es heute immer seltener, von Stress und Reizüberflutung des Alltags rasch auf tiefe Entspannung umzuschalten, das muss regelrecht wieder erlernt werden.

Das Kursangebot dazu ist heute groß, praktisch jede Volkshochschule und manche Krankenkasse bieten fachliche Anleitung zur Entspannungstherapie an. Wer solche Gruppenkurse nicht schätzt, kann auch bei niedergelassenen Medizinern und Psychologen im individuellen Einzelkurs geeignete Entspannungstechniken erlernen.

Grundsätzlich ist es möglich, eine Entspannungsmethode selbstständig zum Beispiel nach einem Buch oder mithilfe einer Tonkassette einzuüben. Die Erfolgschancen stehen dann aber nicht so günstig. Gerade Anfänger werden immer wieder mit Problemen konfrontiert, die mit fachlicher Hilfe leicht zu bewältigen sind; wer dagegen allein auf sich gestellt ist, neigt bei solchen Schwierigkeiten oft dazu, bald entmutigt aufzugeben.

Wir kennen heute verschiedene Entspannungstechniken. Obwohl sie zum Teil deutlich voneinander abweichen, beruhen sie letztlich doch alle auf den Erfahrungen der asiatischen Meditation. Im Grunde ist es nicht so wichtig, welche Technik man zur Entspannung verwendet, entscheidend kommt es darauf an, dass man mit einer positiven Einstellung an das Training herangeht und konsequent übt, dann stellt sich der Erfolg fast immer ein.

Bei uns gewannen zwei Entspannungsmethoden herausragende Bedeutung: autogenes Training und progressive Relaxation. Ihre Verbreitung erklärt sich mit aus der einfachen, gut verständlichen Technik und der überzeugenden Wirkung.

Autogenes Training (kurz AT), im Jahre 1932 von Professor *Johannes Heinrich Schultz* (1884–1970) in die Therapie eingeführt, nutzt die Fähigkeit, Vorstellungen und Erwartungen zu entwickeln, die Realität werden können. Da die Medizin recht genau weiß, welche körperlichen Veränderungen mit Entspannung verbunden sind, stellt man sich diese beim Training immer wieder intensiv vor, bis sie schließlich Wirklichkeit werden. Die dadurch erreichte tiefe Entspannung beruht nicht auf bloßer Einbildung, sie kann objektiv nachgewiesen werden.

Von Schwere und Wärme, zwei typischen körperlichen Reaktionen auf Entspannung, geht die AT-Unterstufe aus. Da es nicht so leicht gelingt, sich diese Zustände im ganzen Körper vorzustellen, beschränkt man sich beim Üben auf einen Arm; nach einiger Erfahrung setzen sich Schwere und Wärme automatisch in den restlichen Körper fort.

Weitere Merkmale tiefer Entspannung sind gleichmäßiger Herzschlag und regelmäßige Atmung. Auch das stellt man sich beim AT intensiv vor, bis die Zustände tatsächlich spürbar sind.

Eine weitere Übung erzeugt das Gefühl entspannender Wärme im Leib. Die kühle Stirn schließlich, die bei der letzten Grundübung vorgestellt wird, führt zum kühlen, klaren Kopf, den man auch umgangssprachlich mit Ruhe und Gelassenheit verbindet.

Dieses Grundtraining wird konsequent 2-mal täglich geübt, bis die Vorstellungen immer deutlicher Wirklichkeit werden. Im Lauf der Zeit tritt die Wirkung immer schneller ein, schließlich genügt es meist, sich die körperlichen Zustände nur einmal intensiv vorzustellen, um in Minutenschnelle in tiefe Entspannung zu gleiten.

Wer AT so gut beherrscht, kann es ständig zur praktischen Lebenshilfe nutzen, auch zur Therapie. Es gibt kaum Symptome, die dadurch nicht gelindert werden können. Auch bei Rückenschmerzen kann AT unabhängig von den Ursachen sehr gut wirken. Die Verspannungen der Rückenmuskulatur werden gelöst, die Schmerzen gelindert, der psychische Leidensdruck abgeschwächt, indirekt vielleicht sogar die Heilung der Ursachen begünstigt. Viele Arzneimittel lassen sich durch AT einsparen, damit auch das Risiko von Nebenwirkungen verringern.

Wenn die AT-Grundübungen gut genug beherrscht werden, kann man die Oberstufe erlernen. Sie gehört allerdings schon zu den tiefenpsychologischen Methoden, unter anderem strebt man damit vertiefte Selbsterkenntnis und Reifung der Persönlichkeit an. Bei ernsteren psychischen Problemen kann das sehr nützlich sein, wenn das Training von einem erfahrenen Therapeuten begleitet wird. Aber man muss die AT-Oberstufe nicht unbedingt erlernen, um gute Ergebnisse mit AT zu erzielen.

Progressive Relaxation (kurz PR), früher vor allem im englischsprachigen Raum verbreitet, gewann inzwischen auch bei uns viel Bedeutung und bietet sich durchaus als Alternative zum AT an. Die Technik wurde um 1929 in USA eingeführt und fand dort ähnlich viele Anhänger wie AT bei uns.

Ob man PR bevorzugt, ist nicht nur eine Frage der persönlichen Einstellungen und Vorlieben. Für viele Menschen, denen es nicht so recht gelingt, sich die körperlichen Zustände bei der Entspannung vorzustellen, ist die fortschreitende Entspannung sogar unverzichtbar. Dabei muss man sich nämlich nicht die körperlichen Zustände vorstellen, sondern erlebt sie unmittelbar. Dazu werden die einzelnen Muskelgruppen, mit denen man gerade trainiert, willkürlich stark angespannt. Nach einigen Sekunden lockert man die Spannung und erlebt diese Entspannung bewusst.

Wie AT führt auch progressive Relaxation Schritt für Schritt zur tiefen Entspannung. Unter anderem entspannt man dabei die Arm- und Beinmuskulatur, harmonisiert die Atmung, lockert die Augenmuskeln und zum Abschluss die Sprechmuskulatur.

Es dauert ungefähr 6 Wochen, in denen man täglich 2-mal übt, bis die Technik einigermaßen beherrscht wird. Durch weiteres Training verbessern sich die Wirkungen noch. Bei Wirbel-Bandscheiben-Schäden wirkt die Methode sinngemäß wie AT.

Autogenes Training und progressive Relaxation sollten nicht nur geübt werden, wenn man bestimmte Ziele (wie Schmerzlinderung) damit verfolgt. Am besten behält man die Übungen Tag für Tag ein Leben lang bei, damit sie bei Bedarf rasch voll wirksam werden. Den meisten Menschen, die über Erfahrung mit solchen Übungen verfügen, fällt konsequentes tägliches Training nicht mehr schwer, sie wollen auf die wohltuende Wirkung der regelmäßigen Entspannungstherapie überhaupt nicht mehr verzichten.

Auf weitere Entspannungsmethoden muss an dieser Stelle nicht eingegangen werden, sie bieten im Vergleich zu AT und PR ohnehin keine Vorteile mehr. Außerdem fällt es meist schwer, für solche selteneren Techniken eine fachliche Anleitung zu finden. Wer von AT und PR aber nicht vollständig überzeugt ist, kommt oft nicht umhin, nach einer der anderen Methoden zu trainieren.

Atemtherapie

Beim Atmen nehmen wir nicht nur Sauerstoff auf und geben verbrauchte Luft ab, indirekt nimmt die Atmung auch auf Herz-Kreislauf-Funktionen, Muskulatur, Nervensystem und Seelenleben Einfluss. Seit Jahrtausenden gehören Atemübungen deshalb auch zur Meditation (s. S. 192).

In den 70er Jahren des 20. Jahrhunderts wurde die Atemtherapie neu entdeckt, vor allem durch die Einführung der Körpertherapien (s. S. 196 ff.). Sie eignet sich auch gut zur ergänzenden Behandlung von Rückenschmerzen.

Selbsthilfe durch Atemübungen ist in Grenzen möglich, allerdings muss die Technik unter fachlicher Anleitung erlernt werden. Fehler beim Atemtraining könnten zu erheblichen Störungen der Atemfunktionen, aber auch anderer Organsysteme (wie Herz-Kreislauf-System) führen. Daher werden hier keine einzelnen Übungen vorgestellt.

Nach welcher der verschiedenen Atemschulen man trainiert, hängt in erster Linie davon ab, welcher der Therapeut anhängt. Im Grund gilt auch hier, dass die Technik nicht so wichtig ist; korrekt und regelmäßig geübt wirkt jede der Methoden.

Häufig wird die in den 30er Jahren des 20. Jahrhunderts begründete *Middendorfsche Atemtherapie* durchgeführt. Dabei versucht man zunächst, die Atmung wieder bewusst und erfahrbar zu machen. Dann wird Schritt für Schritt die individuell richtige Atmung eingeübt. Diese Technik gehört heute zu den Standardmethoden.

Ähnliche Bedeutung erlangte die integrale *Wolfsche Atemtherapie,* die Atem- und Bewegungsübungen miteinander kombiniert. Es geht darum, den Spannungszustand im vegetativen Nervensystem und Seelenleben so zu beeinflussen, dass die Atmung (und viele andere Körperfunktionen) wieder mit der individuellen Grundspannung eines Menschen harmoniert. Weitere Übungen verstärken diese Wirkung noch.

Besonders rasch kann die bewusst-willentliche *Hoffsche Atemtherapie* wirken. Sie beruht auf dem zunächst verblüffend einfach anmutenden Prinzip, dass man willentlich aufhört, falsch zu atmen, und ganz bewusst wieder richtig atmet. Bei guter fachlicher Anleitung gelingt das tatsächlich. Da diese Technik systematisch aufgebaut ist, eignet sie sich auch besonders gut zur Selbsthilfe, wenn der Therapeut zustimmt. Auf die richtige Nasenatmung legt die *Parowsche Atemtherapie* besonderen Wert. Die Atmung durch den Mund gilt als Notatmung, die durch Training der Nasenatmung überwunden wird. Die Atmung durch die Nase wird so lange geübt, bis sie selbstverständlich geworden ist.

Es gibt noch andere Atemschulen, die der Therapeut je nach Einzelfall verordnen kann. Die obigen genügen als Beispiele dafür, von welchen unterschiedlichen theoretischen Ansätzen die Atemtherapien ausgehen, um letztlich alle zum selben Ziel zu führen.

Bei Rückenschmerzen hilft die Atemtherapie vor allem durch die Lockerung von Muskelverspannungen. Indirekt trainieren die Übungen auch Teile der Wirbelsäule. Ferner wirkt sich die Harmonisierung des vegetativen Nervensystems und Seelenlebens günstig aus.

Meditation

Trotz der erfolgreichen und relativ leicht zu erlernenden westlichen Entspannungstechniken (s. S. 186 ff.) findet die traditionelle Meditation in den letzten Jahrzehnten immer mehr Anhänger bei uns. Die teilweise sehr fremdartigen Vorstellungen, die ihr zugrunde liegen, machen den besonderen Reiz dieser Methoden für Europäer aus. Dahinter steht eine Abkehr von der Vorherrschaft der Wissenschaft und Technik mit Überbetonung des Verstands in den westlichen Gesellschaften.

Der Hunger nach transzendentalen Erfahrungen jenseits von Vernunft und Logik treibt viele leider auch in die Arme von Scharlatanen. Unter Umständen kann es im Einzelfall zur Flucht aus der Realität kommen. Dem beugt man vor, indem die Meditation bei einem erfahrenen, seriösen Lehrer erlernt wird, der auch der Tendenz zur Flucht aus der Realität entgegenwirken kann.

Uneingeschränkt zu empfehlen sind in der Regel die Kurse an Volkshochschulen sowie die von manchen Krankenkassen veranstalteten Seminare, außerdem natürlich die Anleitungen durch den Mediziner oder Psychotherapeuten mit entsprechender Meditations-Ausbildung.

Meditation lässt sich schwer beschreiben, sie muss individuell erlebt werden. Am ehesten kann man sie als Selbstversenkung verstehen, in der man nach Selbsterkenntnis strebt und zugleich versucht, in höhere Dimensionen jenseits von Verstand und Logik vorzudringen, den Urgrund des persönlichen Seins (für religiöse Menschen Gott) zu erfassen. Das mag kompliziert klingen, gehört aber zu den urmenschlichen Bedürfnissen, die wieder trainiert werden können.

Die körperlichen Hauptwirkungen der Meditation sind mittlerweile gut erforscht. Sie entsprechen weitgehend denen der westlichen Entspannungstechniken: Tiefe körperliche Entspannung, vertiefte und beruhigte Atmung, Blutdrucksenkung und Umschaltung des vegetativen Nervensystems auf Ruhe und Erholung. Diese Wirkungen auf den Körper belegen eindeutig, wie wichtig Meditation zur Entspannung sein kann.

Die seelisch-geistigen Wirkungen der Meditation lassen sich kaum erklären, sondern nur als ganz persönliche Erfahrung erleben. Im Vordergrund steht oft die seelisch-geistige Harmonisierung, gesteigerte Konzentration und erhöhte geistige Leistungsfähigkeit. Das kann bereits genügen, um das Leben positiver zu gestalten.

Bei Rückenschmerzen hilft die Meditation ähnlich wie westliche Entspannungstechniken.

Mehr muss man nicht, kann man aber erleben, wenn man sich näher auf die Meditation einlässt. Dann verändert man sich allmählich, formuliert Werte und Ziele neu, nimmt andere Gewohnheiten an, verhält sich anders und findet zur tiefen Harmonie mit sich und allem Sein.

Dieser Weg geht nie zu Ende, er bedeutet dauernde Weiterentwicklung und Reifung der Persönlichkeit ein Leben lang. Wer dieses Ziel nicht anstrebt, kann Meditation nur als Alternative zu den westlichen Entspannungstechniken betreiben, auch dann erzielt man gute Ergebnisse.

Wir kennen zahlreiche traditionelle und moderne Formen der Meditation. Besonders beliebt ist nach wie vor das altindische Yoga, inzwischen gewinnt aber auch die verblüffend einfache transzendentale Meditation immer mehr Anhänger.

Yoga entstand vor etwa 7 Jahrtausenden in Indien als religiöser »Heilsweg«. Im Westen spricht man oft einfach von Yoga, ohne zu beachten, dass es verschiedene Yogaformen gibt, die zum Teil erheblich voneinander abweichen. Letztlich orientieren sich aber alle am traditionellen Heilsweg, der über insgesamt 8 Stufen zur tiefen Versenkung und Einswerden mit dem Göttlichen führt. Wer sich auf das »Abenteuer« Yoga einlässt, wird diesen Heilsweg ein Leben lang beschreiten. Zur höchsten Vervollkommnung gelangt man auch nach jahrzehntelangem Üben nicht, das Streben danach ist das Ziel.

Zur Entspannung und Schmerzlinderung bei Wirbel-Bandscheiben-Schäden genügt das *West-Yoga*, das aus Entspannungs-, Atem- und gymnastikähnlichen Übungen besteht. Der religiös-weltanschauliche Unterbau des Yoga, den Europäer ohnehin nur schwer nachvollziehen können, bleibt dabei weitgehend unbeachtet. Die seelisch-geistige und körperliche Harmonisierung durch Yogaübungen lindert Schmerzen und trägt indirekt mit zur Heilung der Ursachen bei. Aber auch hierzu gilt, dass nur regelmäßiges Training zum optimalen Erfolg führen kann.

Transzendentale Meditation (kurz TM) erscheint im Vergleich zu Yoga und anderen Meditationsformen fast zu einfach, als dass sie viel bewirken könnte. Tatsächlich handelt es sich aber um eine vollwertige Meditationsform, die in den 60er Jahren des 20. Jahrhunderts eingeführt wurde.

Am Anfang steht die Einführung durch zwei Vortragsabende. Dann folgt die persönliche Unterweisung durch den TM-Lehrer, schließlich eine Aufnahmezeremonie. Der TM-Schüler erhält auch ein Mantra, das ist ein kurzes Wort ohne bestimmte Bedeutung, das er als Meditations- und Konzentrationshilfe im Geist wiederholt.

TM soll 2-mal täglich je 20 Minuten lang trainiert werden. Einleitend entspannt man sich etwa 1 Minute lang. Dann lässt man den Gedanken freien Lauf, lässt sie ohne Willenskontrolle einfach kommen und gehen, ohne besonders darauf zu achten, und wiederholt zwischendurch immer wieder das Mantra. Zur Rückkehr in den Alltag sind zum Abschluss nochmals etwa 2 Minuten erforderlich.

Die Wirksamkeit der TM steht außer Zweifel, sie wurde in mehreren wissenschaftlichen Untersuchungen nachgewiesen. Hervorzuheben ist die tiefe Entspannung, die man damit er-

Die Form der Meditation ist von untergeordneter Bedeutung, entscheidend kommt es auf gute Motivation, positive Einstellung zur ausgewählten Technik und konsequentes Üben an.

reicht; sie entspricht mindestens der beim autogenen Training, kann aber auch viel tiefer werden. Deshalb eignet sich TM zur ergänzenden Therapie bei Rückenschmerzen und Muskelverspannungen.

Der Vorteil von TM im Vergleich zum AT besteht ebenfalls darin, dass TM einfacher zu erlernen und zu praktizieren ist. Auch Menschen, denen es kaum gelingt, Vorstellungen zur Entspannung zu entwickeln, können sich mit TM häufig tief entspannen. Es gibt noch weitere Formen der Meditation, etwa die Übungen des ZEN-Buddhismus. Wer sich dafür mehr als für Yoga und TM interessiert und einen seriösen, qualifizierten Lehrer findet, erzielt auch auf diesem Weg gute therapeutische Ergebnisse.

Körperpsychotherapien

Körper und Psyche bilden eine Einheit, stehen ständig in Wechselbeziehung miteinander. Viele Methoden der Psychotherapie ignorieren das allerdings weitgehend, konzentrieren sich fast nur auf das Seelenleben und vernachlässigen den Körper.

Diese im westlichen Kulturkreis verbreitete »Körperfeindlichkeit« begünstigte die Entwicklung neuer Therapien, die den

Körper mit einbeziehen. Diese neue Therapierichtung ging von den USA aus und gelangte in den 70er Jahren des 20. Jahrhunderts auch zu uns nach Europa.

Körpertherapien erklären einleuchtend, wie das Seelenleben mit zu Rückenschmerzen beitragen kann: Jeder psychische Vorgang bedeutet Energieverbrauch. Unterdrückt man psychische Aktionen, kann sich die mobilisierte Energie nicht zweckmäßig entladen, sie muss in anderer Form verarbeitet werden. Das geschieht häufig, indem die psychische Energie in der Muskulatur gleichsam »eingefroren« wird. Als Folge verspannen sich die Muskeln dauernd. Die damit verbundenen Schmerzen wollen darauf hinweisen, dass psychische Abläufe blockiert sind, erkannt und befreit werden müssen. Erst dann löst sich der »Muskelpanzer« wieder.

Am häufigsten werden wohl Gefühle unterdrückt und verdrängt, weil sie vielleicht nicht von der Mitwelt geduldet werden (wie unkontrollierte Aggressivität). Ferner können frühere Frustrationen den Ausdruck von Gefühlen hemmen, womit man erneute Enttäuschungen zu verhindern sucht. Durch die Verdrängung ins Unbewusste gelingt es zwar, solche psychischen Vorgänge und Inhalte aus dem Bewusstsein auszulagern, aber mit dem scheinbaren Vergessen ist noch nichts bewältigt. Man muss sich aktiv mit den verdrängten Inhalten auseinander setzen, an Seele und Körper arbeiten, um endgültig darüber hinwegzukommen. Dann lösen sich auch die Muskelverpanzerungen wieder, Schmerzen lassen nach oder heilen völlig aus.

Diese vereinfacht dargestellte theoretische Überlegung liegt praktisch allen Körperpsychotherapien zu Grunde. Daraus ergibt sich, dass die Psychotherapie immer auch den Körper mit einbeziehen muss. Dazu eignen sich vor allem Atemtraining,

Bewegungsübungen und Massagen. Sie lösen die muskulären Verspannungen und damit gleichzeitig die psychischen Blockaden. Verdrängte psychische Inhalte werden wieder bewusst, müssen analysiert und verarbeitet werden.

Ein Vorzug der neuen Therapien besteht darin, dass der Mensch als Ganzheit behandelt wird; nur so wird man ihm gerecht. Zum andern hilft die Körperpsychotherapie meist viel schneller als die klassische Psychoanalyse, weil sie die Probleme gleichzeitig von Körper und Seelenleben her angeht. Während die übliche Analyse Jahre dauern kann, hilft eine Körperpsychotherapie meist bald. Schon nach wenigen Monaten können die Probleme oft restlos überwunden sein.

Mittlerweile gibt es zahlreiche Körperpsychotherapien, von denen sich einige bei Rückenschmerzen gut bewähren. Hervorzuheben ist besonders die *Bioenergetik,* die bisher am meisten Beachtung findet. Sie strebt die harmonische Wechselbeziehung von Körper, Geist und Seelenleben an. Dazu ist die Entwicklung der Persönlichkeit durch vertiefte Selbsterkenntnis erforderlich, unterstützt durch die bioenergetische Körperarbeit.

Sobald die in der Muskulatur eingeschlossene Energie wieder freigesetzt und abreagiert ist, lösen sich auch die muskulären Spannungen, der Schmerz verschwindet, die Energie zirkuliert wieder ungehindert durch den gesamten Organismus.

Ähnlich wirken auch Core- und Radix-Therapie, die deutlich von der Bioenergetik beeinflusst sind, bisher aber nicht die gleiche Bedeutung erlangten.

Die Abkürzung *Core* steht für »centre oft right energy« und meint damit das Energiezentrum eines Menschen. Es kann durch verdrängte Gefühle und Erfahrungen blockiert werden und verursacht dann unter anderem auch Rückenschmerzen.

Zur Behandlung wird wie bei der Bioenergetik körperlich und psychotherapeutisch gearbeitet. Nach erfolgreicher Therapie sind die muskulären Verspannungen gelöst, die Energie strömt ungehindert, positivere Gefühle stellen sich ein und gestalten das Leben harmonischer.

Die *Radix-Therapie* will in erster Linie zum offeneren, bewussteren Umgang mit Gefühlen anleiten. Dazu verwendet man ähnlich wie bei der Bioenergetik sowohl körperliche als auch psychotherapeutische Methoden. Die als *Radix* (= Wurzel) bezeichnete Lebensgrundenergie entlädt sich im Verlauf der Behandlung, wobei auch verdrängte Gefühle und Erfahrungen abreagiert werden. Danach strömt die Lebensenergie wieder freier und kraftvoller, die Muskelverspannungen lösen sich, Schmerzen verschwinden.

Auch *Biorelease* versucht, durch körperlich-seelische Therapie die Verspannungen der Muskulatur zu lösen, damit die Energie wieder frei zirkulieren kann. Dabei behandelt man allerdings nicht an den Skelettmuskeln, sondern an der glatten, dem Willen nicht unterworfenen Muskulatur (z. B. an den Eingeweiden). Verspannungen solcher Muskelgruppen erklärt Biorelease vor allem aus Hormonen, die bei jeder Erregung ausgeschüttet werden (wie Adrenalin) und im Gewebe zurückgehalten werden können. Baut der Körper sie nicht schnell genug ab, verhärten sich die betroffenen Teile der glatten Muskulatur; das kann auch auf die Rückenmuskeln übergreifen.

Darüber hinaus misst Biorelease dem Verdauungssystem viel Bedeutung bei. Die Verdauungsorgane werden als eine Art zentraler »Gefühlskanal« betrachtet und bei Bedarf intensiv behandelt.

Entspannung, Massagen und Atemtherapie sind die wichtigsten Methoden von Biorelease. Sie wirken sanfter als Bioenergetik und provozieren meist keine stärkeren Gefühlsreaktionen. Das scheint auch nicht unbedingt erforderlich, Biorelease lockert den Muskelpanzer ebenfalls und lässt die Lebensenergie wieder frei zirkulieren.

Die Behandlung eignet sich aber nur für einen bestimmten Personenkreis besonders gut, und zwar für Menschen mit einer zu weichen, nicht verspannten Muskulatur, die zu schwach ist, um der Wirbelsäule genügend Halt zu geben. Das trifft bei Rückenschmerzen häufig zu, deshalb lohnt sich ein Versuch mit Biorelease oft.

Es gibt noch eine Reihe weiterer Körperpsychotherapien, z. B. die spezielle Atemtechnik beim *Rebirthing*. Es führte zu weit, darauf noch genauer einzugehen. Diese Methoden erlangten auch nicht so viel Bedeutung wie die hier vorgestellten. Letztlich kann immer nur der Therapeut beurteilen, welche Form der Körperpsychotherapie individuell am besten geeignet erscheint.

Weitere psychologische Hilfen

Die psychosomatischen Faktoren der Rückenschmerzen lassen sich nicht nur durch die bisher beschriebenen psychologischen Hilfen beeinflussen. Es gibt noch eine große Zahl anderer Psychotherapien zur ergänzenden Behandlung.

Welche Methode im Einzelfall angemessen ist, kann nur der Therapeut beurteilen. Es kommt allerdings wesentlich mit darauf an, dass der Patient der vorgeschlagenen Behandlung aufgeschlossen gegenübersteht und gut motiviert mitarbeitet, sonst lassen sich kaum befriedigende Ergebnisse erzielen.

Wer von einer Therapie nicht ganz überzeugt ist, sie für sich selbst nicht annehmen kann, muss darüber offen mit dem Therapeuten sprechen. Andernfalls vergeht unnötig viel Zeit, bis vielleicht auf eine andere Methode umgestellt wird.

Übrigens: Auch wer vom Therapeuten nicht richtig überzeugt ist, sollte das offen aussprechen. Der Therapeut hat gelernt, mit solchen Situationen umzugehen, man muss nicht seine Reaktionen darauf fürchten. Es kommt tatsächlich immer wieder vor, dass Therapeut und Patient nicht konstruktiv miteinander arbeiten können. Wenn sich das nicht ändern lässt, muss ein anderer Psychotherapeut die weitere Behandlung übernehmen.

Als Standardtherapien eignen sich zum Beispiel noch Psychoanalyse und Verhaltenstherapie. In der Regel werden die Kosten dafür auch von den Krankenkassen übernommen.

Die klassische Freudsche *Psychoanalyse* versucht, durch tiefenanalytische Gespräche und Traumdeutung die Ursachen psychischer Probleme wieder bewusst zu machen, damit sie nachträglich verarbeitet werden können und ihren störenden Einfluss verlieren. Das ist meist ein langwieriger Weg, der Erfolg keineswegs sicher. Deshalb wird man diese Behandlung bei Rückenschmerzen meist nur dann durchführen, wenn der Patient dazu besonders motiviert ist und/oder keine andere Methode ausreichend wirkt. Während man die Psychoanalyse als eine Art »höheres Lernen« durch Einsicht bezeichnen kann, geht die *Verhaltenstherapie* einen einfacheren Weg. Dabei geht es nicht darum, mühsam verdrängte Inhalte bewusst zu machen und zu verarbeiten, sondern um »einfaches Lernen«: Die zu ändernden Verhaltensweisen werden wieder verlernt und durch neue, zweckmäßigere ersetzt. Das hilft den Patienten oft ähnlich gut wie die Analyse, aber wesentlich schneller.

Diese beiden Beispiele mögen genügen, um zu veranschaulichen, welche weiteren Möglichkeiten einer Psychotherapie noch zur Verfügung stehen. Insgesamt gibt es über 150 verschiedene Therapien, die zum Teil noch mehrere Varianten aufweisen. Im Rahmen dieses Buchs ist es nicht möglich, diese Therapien auch nur kurz vorzustellen. Das erübrigt sich auch, weil erst nach Beratung mit dem Therapeuten die individuell optimale Behandlung ausgewählt werden kann.

Register

Acetysalizylsäure, ASS 66, 68, 89ff., 109ff.
Akupressur 88, 111, 158ff.
Akupunktur 88, 111, 152, 155ff., 162
Akuter Schmerz, akute Schmerzen 84ff., 89f., 95, 172
Alexander, Frederic Matthias 97
Alexandertechnik 97ff.
Alterungsprozess, Alterung 55
Analgetika s. Schmerzmittel
Angst, Ängste 31, 75, 77
Antirheumatika 91
Arbeitsplatz 31, 38
Arthrose, Arthritis 32, 37, 44, 61f., 91, 112, 126
Asiatische Heilverfahren 154ff.
Atemtherapie, Atemtraining 190ff., 197, 199
Atlas 13
Aufbaustoffe, Vitalstoffe 34, 100
Auflagen 87, 113, 170f., 173f.
Aurikulartherapie 156
Ausscheidung, Nieren 62f., 81, 109, 112, 185
Autogenes Training 187ff., 196
Axis 13

Bäder, Vollbad, Teilbad, Sitzbad 87f., 113, 165ff., 174
Badezusätze 88, 165, 167, 173
Ballaststoffe 101
Bänder 13, 53
Bandscheibe, Bandscheiben 16ff., 25ff., 29, 31ff., 38f., 45, 48, 51, 54ff., 119ff., 176
Bandscheiben, Vorwölbung 57f.
Bandscheibenoperation 120ff.
Bandscheibenprothesen 17, 129
Bandscheibenvorfall 19, 35, 42, 44, 56, 58ff., 76, 119f., 133, 176
Basistherapie 95ff.
Bauchansatz 33
Bauchmuskulatur 21, 30, 33, 41, 52
Bechterew-Krankheit s. Morbus Bechterew
Becken 12, 16, 20f., 30, 41, 66, 81, 106
Beine, Fehlstellungen 61f.
Beinlänge 49, 61
Bekleidung 106f.
Bett 35ff., 41, 102ff.
Bettroste, Roste 36f., 103f.
Beweglichkeitsverbesserung 130ff.
Bewegungsmangel 11, 18, 23, 28, 32, 44, 55, 125
Bewegungstherapie, Bewegungsübungen 51, 76, 83, 130ff.
Bindegewebe 17, 29, 66, 148
Bindegewebsmassage 147f.
Bioenergetik 75, 198ff.
Biokatalysatoren 116
Biorelease 199f.
Blutzucker, Blutzuckerspiegel 71
Brustbein 12, 14
Brustkorb 12, 14, 21, 40, 48, 50
Brustwirbelsäule, BWS 13f., 19, 24, 39f.,

48, 51, 60, 143, 160f.
Brustwirbelsäulensyndrom 40

Chirotherapie 92
Chronischer Schmerz, chronische Schmerzen 84f., 90, 95f., 108, 120f., 172
Computertomografie, CT 81
Core-Therapie 198f.

Dampfkompressen 170f.
Dauermagnete 180
Degeneration der Bandscheiben 55f., 59f., 128
Depression, depressive Stimmungslage 31, 98, 101, 131
Diabetes 43
Diagnose, Diagnostik 63, 79ff., 84f.
Dornfortsatz, Dornfortsätze 12f.
Druck auf den Wirbeln 16f.
Durchblutungsstörungen 36, 38
Dynamisches Implantat, Dynesis 127ff.

Eigenbluttherapie 183f.
Einlagen 61f.
Einreibungen 63, 113, 150f., 183
Elektroakupunktur 156f., 160f.
Elektrotherapie 111, 175ff.
Empfindungsstörungen 42
Energie, Energiestrom, Lebensenergie 98, 155, 158, 162f., 181, 198ff.
Entspannung, Entspannungstherapie 83, 92, 186ff., 194ff.
Enzymtherapie, Enzyme 116f., 126
Erbkrankheit 50
Ernährung, falsche s. Fehlernährung
Essverhalten, Essgewohnheit, Essstörungen 100f.
Evolution 11, 25f., 71

Fango 172f.
Faradisieren 175f.
Farbakupunktur 157
Faserring 17, 19, 57, 59
Fehlbelastung 11, 26, 29ff., 44, 48, 51, 56, 61
Fehlernährung 23, 34, 55, 125
Fehlhaltung, Haltungsstörung 26, 29ff., 75, 78, 95ff.
Fehlstellungen 49
Felke, Emanuel 173f.
Fettzufuhr 101
Fichtennadelbad 167
Fleisch 100
Flottes Gehen 144
Fraktur, Frakturen 49, 54
Funktionsprüfung 81
Fußreflexzonenmassage 151ff.

Gallertkern, Gallertmasse, Bandscheibenkern 17ff., 57ff.
Galvanisieren 175f.
Gang, aufrechter 25f.
Geburt 67f.
Gelenkfortsatz, Gelenkfortsätze 13
Genussmittel 101f.
Gipsliegeschale 53
Goldrute 185
Greisenhaltung 47
Güsse 87, 167ff.
Gymnastik, Krankengymnastik 19, 50ff., 67f., 92, 96, 121ff., 130ff., 142ff.

Halswirbelsäule, HWS 13f., 16, 19, 23f., 37ff., 53, 60, 88, 105f., 140, 159f., 176
Halswirbelsäulensäulensyndrom, HWS-Syndrom, Zervikalsyndrom 38f., 44
Haltungsfehler 19, 28ff., 99
Haltungsfehler und Seelenleben 77f.
Haltungskorrektur 96ff.
Harpagid 112
Harpagophytum procumbens s. Teufelskralle
Harpagosid 112
Head, Henry 150
Headsche Zonen 150
Heilerde, Lehm 173ff.
Heublumenbad 167
Heublumenkompressen 87
Heublumensack 170f.
Hexenschuss, Lumbago 42, 44, 172, 185
Hippokrates 164

Hitze-Sonde-Therapie 126
Hobby 30f., 35, 144
Hochfrequenztherapie 176
Hoffsche Atemtherapie 191f.
Hohlkreuz 52
Homöopathie 92, 108, 113ff
Hüftgelenke 61f.
Hydrotherapie, Wasseranwendungen 87, 90, 163ff., 172, 183

Ibuprofen 89ff., 109f.
Iliosakralsyndrom 41
Immunsystem, Immunfunktionen 108f., 183f.
Implantate s. Bandscheibenprothesen
Inkontinenz, unkontrollierter Harn- und/oder Stuhlabgang 41f., 59, 94
Ischias 37, 40, 42ff., 172, 185

Jo-Jo-Effekt 99f.
Joggen 144
Just, Adolf 173

Kälte-/Wärmekompressen 87, 150
Kantharidenpflaster 184f.
Kantharidin 184
Kartoffelbreisack 170f.
Kaudasyndrom 42
Klatsch-/Klopfmassage 147
Kleidung 30
Kneipp, Sebastian 164, 167f.
Kneippsche Wasseranwendungen 87, 111, 113, 163ff.
Knetmassage 146f.
Komplexhomöopathie 115f., 119
Kopfkissen 37, 103, 105f.
Körpergewicht 33
Körperpsychotherapie, Körpertherapie 75f., 96f., 191, 196ff.
Kortikoide, Kortison 91, 166
Kreuzbein 16, 19, 41
Kyphose 19

Labordiagnostik 81f.
Lähmung, Lähmungen 38f., 41, 43, 53, 55, 59f., 86, 90, 94, 120, 140, 176
Laserakupunktur 157
Laserfasertherapie 126f.
Lattenrost 103
Lehmbad 174
Lehmwickel 173
Leibbinden, orthopädische 67f.
Leistungsfähigkeit 51
Lendenwirbelsäule, Lendenwirbel, LWS 13, 16, 19, 23, 24, 40ff., 60, 63, 107, 161
Lendenwirbelsäulensyndrom 40f.
Lidocain 91, 150, 181
Lokalanästhetikum, Lokalanästhetika 91,181f.
Lordose 19
Lymphdrainage 147, 149

Magnetfelder, pulsierende 178ff.
Magnetfolien 180
Massage 65, 72, 76, 145ff., 150f., 198f.
Matratze, Matratzen 36f., 103ff.
Meditation 186f., 190, 192ff.
Menstruationszyklus 67
Meridiane 155, 158
Middendorfsche Atemtherapie 191
Migraine cervicale 39
Minimal-invasive Chirurgie 117, 125ff.
Missempfindungen 36, 39, 53, 122
Moor 174f.
Morbus Bechterew 45ff.
Morphium, Morphine 90, 110, 123
Moxatherapie 156
Muskeldehnung 139ff.
Muskelkorsett 11, 20ff., 29, 96, 123f., 130f
Muskelverspannungen s. Verspannungen

Nervensystem, vegetatives 24, 97, 182, 192
Nervenwurzel 23f., 38f., 42, 48, 58ff., 74, 91, 140
Neuraltherapie 91f., 181f.
Nieren s. Ausscheidungsorgane

O-Beine 61
Operation 50f., 60, 92ff., 119ff.

Opiate 110f.
Osteoporose 33, 37, 47f., 81

Paracetamol 89f., 110
Parowsche Atemtherapie 192
Periostmassage 147f.
Procain 91, 150, 181
Progressive Relaxation 187, 189f.
Psyche 68ff.
Psychoanalyse 198, 201
Psychopharmaka 69
Psychotherapie, Psychotherapeut, Psychologe 69, 74, 76, 92, 123f., 186ff., 193, 197f., 200ff.
Pubertät 49f.

Querfortsätze 13ff.
Querschnittslähmung 53f.

Radfahren 124, 144f.
Radix-Therapie 199
Rebirthing 200
Reduktionskur, Reduktionskost, Diät 99ff., 132
Reflexbogen 24
Reflexzonen, Reflexzonentherapie 63ff., 82, 92, 150f., 181f.
Reflexzonenmassage 111, 145f., 149f.
Reflexzonenroller 154
Reibemassage 147
Reizkörpertherapie 181ff.
Rheuma, rheumatische Erkrankung 41, 45f., 81, 107, 173
Rheumasalben 87f., 90, 183
Rippen 12ff., 45, 50
Rippenbogen 14
Rohkost 100f.
Röntgenbild, Röntgenuntersuchung 55, 59, 65, 81
Rosmarinbad 167
Rückenguss 168f.
Rückenmark 12, 23f., 53f., 58f.
Rundrücken 48, 51f.

Salizylsäure 109, 111ff., 165
Sandalen 107
Schenkelguss 169f.
Scheuermann, Dr. Holger 51
Scheuermann-Krankheit 48, 51ff.
Schlafstörungen 36, 72, 105
Schleudertrauma 53f.
Schlüsselbein 14
Schmerzen, psychosomatische 68ff., 186, 200
Schmerzmittel, Analgetika 62f., 66, 87, 89ff., 94, 108ff.
Schmerzzonen 91, 181
Schuhe, Schuhwerk 30, 62, 95, 106f.
Schule 30f.
Schulterblatt 14, 48, 63
Schultergürtel 14, 21
Schultz, Johannes Heinrich 187
Schwangerschaft 67f.
Schwedische Massage 146
Schwimmen 124, 145
Selbsthilfe, Selbstbehandlung, 85ff., 98, 101, 113, 114ff., 151f., 157ff., 166, 168, 170, 172, 176, 180, 183, 191
Sexualität 124
Shiatsu 89, 111, 162f.
Sitzbad s. Bäder
Skoliose, Verkrümmung 19, 48ff., 172
Spazierengehen 124
Spezialkorsett 50, 53
Spierblumen, Spiraea ulmaria 111f.
Spondylitis 45
Spondylose 44
Sport, Sportprogramm 35, 53, 122f., 143ff.
Stabilität 21, 25
Stammzellen 54, 129
Statik 33
Steißbein 16, 19
Störfeld, Störfelder 122, 181f.
Streichmassage 146
Substanz, graue 23f.
Substanz, weiße 23
Süßstoff 102

TENS, transkutane Elektro-Nerven-Stimulation 177f.
Teufelskralle 112

Thermo-Therapie s. Hitze-Sonde-Therapie
Training 19, 21, 26, 32ff., 67f., 130ff., 144f.
Transzendentale Meditation 195f.

Überbelastung, Überlastung 34 11, 26, 34f., 44, 48, 53, 56, 95f., 98
Übergewicht 11, 19, 21, 23, 28, 33ff., 83, 99ff., 125, 131f.
Unteraufschläger 170f.
Unterguss 169
Unterleibserkrankungen, gynäkologische Erkrankungen 66f.
Untersuchungen s. Diagnose
Unterwassermassage 147f.

Verhaltenstherapie 201
Verknöcherung 47, 51, 57
Verschleiß 34, 49, 131
Verspannungen 27, 30f., 61f., 64, 71, 74ff., 78, 99, 104,106, 128, 130, 148, 164ff., 183, 186, 188, 192, 197ff.
Versteifung, chirurgische 121, 127f.
Vibrationsmassage 147
Vollbäder s. Bäder
Vollwertkost 101
Vorwölbung der Bandscheibe 57f., 60

Wachstum 49, 53
Wärmetherapie 87
Wasseranwendungen s. Hydrotherapie
Wechseljahre 47
Weidenrinde 111f.
Whirlpool 148f.
Wickel 87, 113, 174
Wirbelbogen 12, 23, 54
Wirbelgelenke 16, 37, 44, 46, 54, 128
Wirbelkanal 12, 23
Wirbelkörper 12, 14, 17, 23, 48, 54
Wirbelloch 12
Wirbelsäulenarterie 13, 38
Wirbelsäulen-Katheter-Therapie 126
Wolfsche Atemtherapie 191

X-Beine 61

Yoga 194ff.

Zelltherapie 118f.
Zervikalsyndrom s. HWS-Syndrom
Zivilisationskrankheiten 34
Zucker 101f.
Zwangshaltung 26, 38, 95
Zwischenwirbellöcher 12f., 24, 38f., 48, 74